Dario Fo
Bezahlt wird nicht!
Rotbuch 166



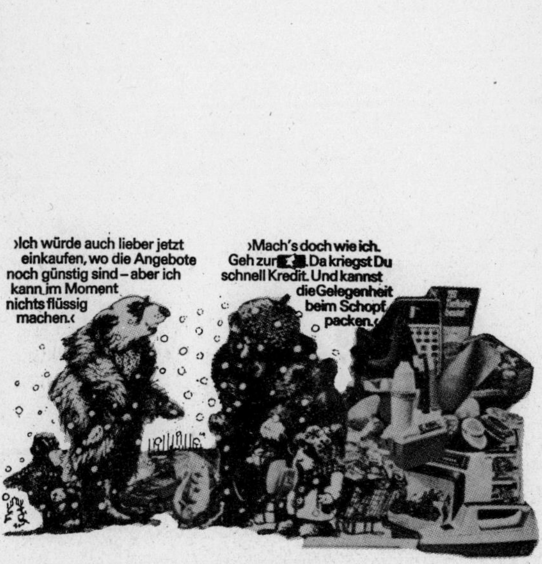

# Dario Fo
# Bezahlt wird nicht!

*Eine Farce*

*Mit einer Einleitung des Autors*
*und einer Nachbemerkung von*
*Helga Jungblut und*
*Peter O. Chotjewitz:*
*Dario Fo und sein Theater*
*Aus dem Italienischen von*
*Peter O. Chotjewitz*

*Rotbuch Verlag*
*Berlin*

Originaltitel: Non si paga! Non si paga!

Fotos: Helga Jungblut (Seite 9 und 10, anläßlich einer italienischen Aufführung des vorliegenden Stückes), Riccardo Toffoletti (Seite 85, oben Szene aus »Zufälliger Tod eines Anarchisten«, unten Szene aus »Tod und Auferstehung eines Popanz«)

Bitte verlangen Sie vom Verlag den kostenlosen (ha!) Almanach ›Das kleine Rotbuch‹


Potsdamer Straße 98, 1000 Berlin 30
 Printed in Germany
ISBN 3 88022 166 9

# Einleitung

Die Lateiner nannten die Schauspieler »istriones« – im lombardischen Dialekt bedeutet »strion« Zauberer, Seher. Nun gut, in unserem neuesten Stück »Bezahlt wird nicht!« haben auch wir uns als Seher verkleidet und eine Prophezeiung gemacht, doch haben wir uns dabei nicht des »Traumbuches« bedient, sondern im Gegenteil der Logik der Dinge, indem wir die Entwicklung von Vorgängen untersuchten und die Resultanten der Untersuchung in eine zumindest tendenziell marxistische Praxis überführten.

Geht das überhaupt, unter Verwendung der »Philosophie der Praxis« eine Farce zu verfassen?

Ich weiß, die »seriösen und pedantischen« Intellektuellen unseres doktoralen Marxismus überläuft ein kalter Schauer bei einer derartigen Idee, aber wir von der »Comune« sind keine »seriösen« Marxisten, (mehr noch) wir sind Flegel, und wie allen Flegeln dieser Welt gefällt es uns, zu lachen und zu spotten, grotesk, vulgär und manchmal auch possenhaft zu sein.

»Possenreißer« lautete der Beiname, den die Bischöfe den Jularen, den fahrenden Spielleuten des Volkes entgegenhielten seit dem vierten Jahrhundert nach Christus, und wir fühlen uns wohl in dieser Gesellschaft.

Mao sagte: »Ohne Glaube, immer im Zweifel, nicht nur um zu zerstören, sondern um aufzubauen. Denn in der Vernunft liegt unser einziger Glaube«.

Wir sind überzeugt, daß im Gelächter, im Grotesken der Satire, der höchste Ausdruck des Zweifels liegt, die wichtigste Hilfe der Vernunft.

Deshalb haben wir als Mittel und Instrument unserer Arbeit als Theatermacher im Dienst des Klassenkampfes die Farce gewählt, die eine vom Volk erfundene Theaterform ist, »um mit glühender und unerbittlicher Zunge die Fäulnis wegzuschneiden, auf die sich die Macht gründet«. Jener faule Sack, der die bürgerliche Kultur ist.

Doch zurück zu »Bezahlt wird nicht«. Die Farce entstand im Sommer 1974. Zu jener Zeit sprach man von einer unmittelbar bevorstehenden Krise, von zu erwartenden Kämpfen der Arbeiterklasse gegen die hohen Lebenshaltungskosten, von ganzen Fabriken, die kurzarbeiten gingen.

Als wir diese Komödie schrieben, wollten wir unsere Fantasie bis zum Exzeß spielen lassen. Wir haben Voraussagen gemacht, die zu jener Zeit als Polit-Fiktion erschienen. Doch dann hat die Wirklichkeit uns nicht nur kopiert, sondern auch erheblich überholt.

Wir hatten vorausgesagt, daß die Unternehmer-Klasse die Arbeiterklasse mit größtem Zynismus und mit größter Wucht attackieren würde, um sie in die Knie zu zwingen; daß die Unternehmer die Wirtschaftskrise künstlich vergrößern würden, um die Regierung erpressen zu können; daß innerhalb der Regierung und auch im Inneren der Parteien des Bürgertums ein unglaublicher Hickhack entstehen würde.

Wir hatten ferner vorausgesagt, daß die Arbeiterklasse, die Menschen in den Stadtrand-Gettos, darauf mit eigenmächtigen Herabsetzungen der Preise für Strom, Gas und Miete reagieren würden und daß sich eine weitere große Erfindung des kämpfenden Proletariats ausbreiten würde: Der Einkauf in den Supermärkten zu angemessenen Preisen. Wie willst du den Unternehmer bekämpfen, der dich dadurch attackiert, daß er dir drei oder vier Arbeitstage pro Woche entzieht, durch Kurzarbeit? »Es reicht nicht mehr aus, zu streiken«, sagen die Arbeiter, »ja, in gewisser Weise tust du dem Unternehmer noch einen Gefallen, wenn du streikst, weil er dann nicht einmal die Ausfallkasse bezahlen muß, und deshalb mußt du ihn bei den Waren treffen«.

Diese Waren des Unternehmers sind genau die Sachen, die der Arbeiter produziert und die der Unternehmer dir zurückverkauft oder vermietet bis zum Es-geht-nicht-mehr. Die Wohnung, das Gas, der Strom, das Nahverkehrsmittel, die Lebensmittel, kurz, das Leben.

So erzählen wir die Geschichte zweier Arbeiterfamilien, die sich abquälen und kämpfen, wobei sie die Waffe des sogenannten »zivilen Ungehorsams« gebrauchen. Und durch Konflikte und Polemiken kamen wir dahin, den Wert dieser neuen Form des Streiks zu erkennen; eines Streiks, den diesmal und endlich der Unternehmer bezahlen muß und nur er.

Die Triebfeder, der Schlüssel zum Ganzen, ist – wie schon in den alten Volks-Farcen aus dem Neapoletanischen und dem Venezianischen – der Hunger. Um das Problem des Appetits zu lö-

sen (atavistisch), versucht jeder zunächst und ganz instinktiv, sich auf eigene Weise durchzuschlagen, um dann das Bedürfnis zu verspüren, gemeinsam zu agieren, sich zu organisieren und vereint zu kämpfen, um mehr zu erreichen als das bloße Überleben, nämlich wahrhaft zu leben »in einer Welt, die vielleicht aus weniger hell erleuchteten Schaufenstern besteht, weniger Autobahnen, aber auch aus weniger Regierungslimousinen und ohne Gauner, den Gaunern von der großen Art, den wirklichen Ganoven und in Gerechtigkeit, mein Gott, Gerechtigkeit!«
Wo unsereins, der immer den Karren gezogen hat, um für andere zu sorgen, anfangen könnte, für sich selbst zu sorgen, Häuser für uns selbst zu bauen . . . und ein Leben zu erfinden für uns selbst!
Als zufriedene Menschen leben! Wo der Wunsch zu lachen wie ein Fest aus dir hervorbricht! Der Wunsch, zu spielen und Feste zu feiern . . . und endlich eine befriedigende Arbeit zu leisten - . . . wie menschliche Frauen und Männer und nicht wie halbverblödete Tiere . . . die ohne Freude und Phantasie dahinvegetieren!
Eine Welt, in der man wieder merkt, daß es noch einen Himmel gibt . . . und Pflanzen, die blühn . . . daß es sogar einen Frühling gibt . . . und Mädchen, die lachen und singen. Und wenn du eines Tages sterben mußt, stirbt nicht ein alter, ausgepumpter Maulesel, nein, ein Mensch stirbt, ein Mensch, der frei und zufrieden gelebt hat, mit anderen freien Menschen!
Diese ganze Entwicklung haben wir versucht, mit Hilfe eines Theaters der »Situationen« zu zeigen, um nicht in ideologisches Didaktieren zu verfallen. Das heißt in einer Weise, die dem »epischen« Theater entspricht, wo nicht die Personen die Handlung vorantreiben, sondern die Situationen; das Theater als Maschine.
Die Tatsachen bestimmen die Entwicklung und die Figuren, die in die entstehenden Situationen verwickelt werden, sind wie Räder, die die Maschine bewegen und in Funktion setzen. Ein Hebeldruck setzt einen zuweilen paradoxen Mechanismus in Gang, vergrößert ihn wie ein Pantograph, verdoppelt ihn, kehrt ihn um, beschleunigt ihn, bringt ihn zur Explosion.
Eine derartige Entscheidung ist nicht professionell, auch wenn die Professionalität in dieser Art von Theater entscheidend ist, es ist vielmehr eine kulturelle Entscheidung, denn ein Theater

der Situationen zu machen bedeutet, eine Geschichte zu vertreten und nicht, sie zu spielen. Es bedeutet Verzicht auf das »Drama«, das in der einzelnen Person und ihren privaten und individualistischen Problemen in ihrer Beziehung zu anderen entsteht, und sich stattdessen den Problemen aller anderen innerhalb eines kollektiven Dramas zuzuwenden – den Problemen, die aus der »Situation« in einem dialektischen Konflikt der Beziehungen entstehen und in ihr explodieren. Es bedeutet, das Problem des Wir (des Kollektivs) gegen das Ich (des Individualismus) zu setzen.

Es bedeutet deshalb eine andere (gegensätzliche) Weise, Kultur und damit Theater zu begreifen. Ein Theater einer Klasse und nicht über den Klassen.

Sie werden bemerkt haben, daß ich beim Sprechen immer wieder »wir« sagte, »wir haben uns gedacht«, »wir haben die und die Entscheidung getroffen«. Nun gut, in Wirklichkeit habe ich den Text niedergeschrieben und alleine zu verantworten, aber von der Lektüre des ersten Entwurfes bis zur Erstaufführung wurde der Text wieder und wieder diskutiert, nicht nur mit dem Kollektiv, sondern auch und vor allen Dingen mit Arbeitern und Avantgarden verschiedener Mailänder Fabriken, die in großer Zahl an diesen Versammlungen zur Erarbeitung des Textes teilgenommen haben. Später haben wir dank der Diskussionen am Ende jeder Aufführung festgestellt, daß der Text noch Löcher hatte und daß bestimmte Szenen anders verlaufen mußten. Diese wirklich konstruktiven Kritiken von Genossen haben uns dazu gebracht, den gesamten Schluß zu ändern und neu zu schreiben. Das ist unserer Ansicht nach die korrekte Weise, im Kollektiv Theater zu machen.

# Erster Akt

*Bild: Eine einfache Arbeiterwohnung. In der Mitte ein Tisch, an den Seiten ein Bett, ein Schrank, eine Kredenz, ein Eisschrank, ein Gaskochherd und, in geringem Abstand, zwei Gasflaschen eines Schweißgerätes.*
*Eine Frau tritt ein (Antonia), gefolgt von einer zweiten, jüngeren Frau (Margherita). Sie sind mit übervollen Markttaschen beladen, außerdem mit verschiedenen Plastiktüten, die ebenfalls voller Einkäufe sind, und stellen die Sachen auf den Tisch.*

ANTONIA Wirklich ein Glück, daß ich dich getroffen habe ... ich hätte nicht gewußt, wie ich all den Kram nach Hause tragen sollte.

MARGHERITA Ich möchte wissen, woher du das Geld hast, um all das Zeugs zu kaufen.

ANTONIA Sag ich dir doch. Ich hab mit Gloria-Punkten bezahlt, und dann hab ich in einer Waschmittelpackung eine Goldmünze gefunden.

MARGHERITA Das kannst du mir nicht erzählen ... eine Goldmünze!

ANTONIA Du glaubst mir nicht?

MARGHERITA Doch, doch.

ANTONIA Gut, dann erzähl ich dir was anderes ... Wohin gehst du?

MARGHERITA Mach's gut!

ANTONIA Nein, warte, ich sag dir die Wahrheit. Mach erst die Tür zu.

MARGHERITA *schließt die Tür* Jetzt sag mir's. *Sie setzt sich.*

ANTONIA Ich wollte zum Supermarkt, und wie ich hinkomme, ist ein Mordsradau und eine Menge Frauen, auch ein paar Männer, weil sie die Preise erhöht hatten, daß dir schlecht werden konnte.

MARGHERITA Genau, da kann einem schlecht werden.

ANTONIA *schaut in die Plastiktüten und legt sie Stück für Stück in die Kredenz.* Die Nudeln und dann der Zucker, ich sag dir was ... ganz zu schweigen vom Fleisch, die Konserven ... der Verkaufsleiter versuchte, uns zu beruhigen: »Was kann ich dafür, mach ich vielleicht die Preise, die Direktion hat die Preiserhöhungen beschlossen«. – »Beschlossen? Mit wessen Erlaubnis?« – »Mit gar keiner, es ist völlig erlaubt: Der Handel ist frei, bei uns herrscht freie Konkurrenzwirtschaft!!« – »Freie Konkurrenzwirtschaft? Gegen wen? Gegen uns? Müssen wir uns alles gefallen lassen?« – »Geld her oder das Leben!« – »Ihr Räuber!!«, habe ich geschrien, und dann hab ich mich versteckt.

MARGHERITA Recht so.

ANTONIA Dann hat eine gesagt: »Jetzt langt's! Diesmal bestimmen wir die Preise selber. Wir zahlen das, was wir letztes Jahr auch gezahlt haben. Wenn ihr Schwierigkeiten macht, nehmen wir den Kram mit und zahlen überhaupt nicht! Verstanden! Entweder ihr akzeptiert unsere Preise, oder wir nehmen das Zeugs so mit!!« Das hätt'st du sehen sollen: Der Verkaufsleiter wurde blaß wie ein Handtuch. »Ihr seid verrückt geworden. Ich rufe die Polizei!« Er läuft wie ein Wilder an die Kasse, um zu telefonieren ... das Telefon geht nicht. Jemand hat die Leitung aus der Wand gerissen. »Bitte, laßt mich durch in mein Büro!! Bitte Platz machen.« Er kam nicht durch ... die ganzen Frauen um ihn herum ... er schiebt, eine Frau tut so, als hätte sie einen Schlag abgekriegt ... läßt sich fallen und spielt die Ohnmächtige.

MARGHERITA *lacht* Ist das schön!!

ANTONIA »Du Feigling!«, schreit eine Frau, so eine ganz dicke große: »Jetzt legt er sich noch mit dieser armen Frau an ... bestimmt ist sie schwanger und hat eine Fehlgeburt ... paß auf, jetzt geht's dir dreckig. Wir bringen dich ins Gefängnis! Du Mörder!« Und die anderen Frauen »Kindermörder!«

MARGHERITA *lachend* Wie schade, daß ich nicht dabei gewesen bin ...

ANTONIA Es war ein ergreifendes Schauspiel!

MARGHERITA Und wie ging die Sache weiter?

ANTONIA Naja, es ging so aus, daß dieser Schwachkopf von einem Verkaufsleiter ... hat die Nerven verloren und nachgeben mußte ... und wir haben das bezahlt, was wir bezahlen wollten. Ein paar haben's etwas übertrieben, muß ich sagen, und wollten anschreiben lassen ... ohne noch nicht einmal ihren Namen zu sagen. »Nein, nein, Ihnen ist nicht zu trauen, mein lieber Herr Direktor, Sie sind in der Lage und zeigen mich noch an, hinterher. Sie müssen uns schon vertrauen. Sie sagen doch selber: Das Vertrauen ist die Seele vom Geschäft. Also machen Sie's gut. Und viel Vertrauen!!«

MARGHERITA *lacht schallend*

ANTONIA »Die Polizei kommt!« schreit einer. Das war blinder Alarm, aber trotzdem begann alles zu flüchten, wir Frauen ... manche ließen alles auf die Erde fallen, eine fing sogar an, vor Schreck zu weinen. »Ruhig, ruhig!«, haben ein paar Arbeiter gerufen, die aus einer Fabrik in der Nähe kamen ... »macht nicht in die Hose, aus Angst, die Polizei könnte Euch schnappen! Mein Gott! Es ist Euer gutes Recht, einen gerechten Preis zu zahlen! Das hier ist wie ein Streik und sogar besser als streiken, weil beim Streik haben wir Arbeiter immer den Lohnausfall, während hier endlich einmal die Bosse draufzahlen müssen! Am allerbesten ist: ›Gar nicht zahlen! Bezahlt wird nicht!‹ Das ist die Quittung für das, was ihr uns in all den Jahren abgenommen habt, die wir hierher kommen und kaufen.« Damit schnappten sie sich, was sie brauchten, und zogen ab. Da habe ich mir's auch überlegt und hab noch mal von vorne eingekauft! »Bezahlt wird nicht! Bezahlt wird nicht!!«, hab ich geschrien. Und die ganzen anderen ebenfalls: »Bezahlt wird nicht! Bezahlt wird nicht!« Es war wie beim Sturm auf Rom!

MARGHERITA Scheiße, war das schön! Daß ich nicht dabei war!

ANTONIA Inzwischen war wirklich die Polizei gekommen, aber diesmal ist keine von uns Frauen weggelaufen, die Knie haben uns gezittert, aber wir haben uns nicht von der Stelle gerührt, so daß die Polizei absolut nichts mehr kapierte, wie sie uns aus dem Laden kommen sahen, vollgepackt und mit einem derartigen Krach. »Ah, da seid Ihr ja endlich, geht mal gleich rein und verhaftet diese hamsternden Ladendiebe!« Damit sind wir auf und davon, und die Arbeiter haben für uns Spalier gestanden, damit wir unbehelligt zur Straßenbahn kamen.

MARGHERITA Wunderschön!

ANTONIA Es war ein richtiges Fest, aber nicht deshalb, weil wir die Sachen nicht bezahlt hatten, sondern weil wir auf einmal alle in eins waren, Männer wie Frauen, und eine wirklich gerechte und mutige Sache gemacht hatten, gegen die Bosse! Das war ein richtiger Konterschlag. Denn jetzt kriegen sie es mit der Angst zu tun, so daß sie in einigen Supermärkten schon die Preise gesenkt haben sollen.

MARGHERITA Klar, klar, habt Ihr Euch richtig benommen. Aber was erzählst du jetzt deinem Mann? Du willst ihm doch nicht etwa die Geschichte mit den Gutscheinen weismachen?

ANTONIA Wieso? Meinst du, er frißt sie nicht?

MARGHERITA Ich sage nein.

ANTONIA Ja ... sie ist vielleicht zu dick. Das Pech ist, der mit seinem Gesetzfimmel ... der macht mir eine Szene. Ich hab heute schon das bißchen Geld ausgegeben, was ich noch hatte, und morgen kann ich kein Gas und den Strom nicht bezahlen. Wegen der Miete bin ich aus dem Ärgsten raus. Die zahl ich schon seit vier Monaten nicht.

MARGHERITA Wegen dem, das hab ich auch nicht! Und die Miete bin ich seit fünf Monaten schuldig. Dafür hab ich auch keinen Großeinkauf gemacht wie du ...

ANTONIA Wir müssen erst einmal alles verschwinden lassen. Komm, tu mir den Gefallen, nimm du auch ein bißchen mit.

MARGHERITA Nein, nein, bloß nicht ... Danke, ich mag nicht ... ich sag doch, ich könnte 's dir gar nicht bezahlen.

ANTONIA Nun mach keine Sachen, ich schenk dir's! Heute ist alles gratis! Komm, nimm schon!

MARGHERITA Ja, und was sag ich meinem Mann? »Ach, das hab ich so halb geklaut!« Der bringt mich um!
Nein, nein.

ANTONIA Meiner bringt mich zwar nicht um, bei dem komm ich um vor Zank und Streit, wenn der mit seinem ehrlichen, beschmutzten Namen anfängt ... »lieber Hunger sterben, aber nie eine Gesetzesübertretung! Ich habe immer bis zum letzten Pfennig alles bezahlt ... arm aber ehrlich ... ich möchte mit erhobenem Kopf unter die Leute gehen können«, und dann legt er noch einen Zahn zu und macht einen Wind mit seinem kurzen Hemde, daß du keine Luft mehr kriegst! Was hab ich da denn gekauft? *Sie liest* »Mischfutter für Hunde und Katzen?« Schau einmal. *Sie gibt die Dose ihrer Freundin.*

MARGHERITA Tatsächlich. »Die Garantie, gesund zu futtern.« Warum hast du das gekauft?

ANTONIA Was weiß ich, in dem Durcheinander, da hab ich genommen, was kam ... Da sieh einer an! *Sie hebt einen Beutel hoch.* Ausgewählte Hirse für Singvögel!

MARGHERITA Vögelhirse?

ANTONIA *zeigt eine andere Dose* Nur gut, daß ich nichts bezahlen brauchte, sonst hätte ich mich in Hintern gebissen ... Kaninchenköpfe, tiefgefroren!

MARGHERITA Was? Kaninchenköpfe?

ANTONIA Hier steht »Zur Anreicherung der Mahlzeiten Ihrer Hühner ... zehn Köpfe, zweihundert Lire!«

MARGHERITA *lachend* Sachen gibt's, die gibt's nicht! Und du wolltest von mir, daß ich solche Sauereien mitnehme?

ANTONIA O, nein! Die Kaninchen sind mir selber ans Herz gewachsen ... Du kriegst die gewöhnlichen Sachen, Öl, Nudeln ... Los auf! Dein Mann hat Nachtschicht, da kannst du alles verstecken.

MARGHERITA So, verstecken! Und wenn die Polizei kommt und alle Häuser durchsucht?

ANTONIA Red kein Zeug, Polizei. Die halbe Gegend war heute am Supermarkt, und hier wohnen mindestens zehntausend Leute. Wenn sie die alle durchsuchen wollen, stell dir vor ... da haben sie bis in die nächste Steinzeit zu durchsuchen. *Sie geht zum Fenster und schaut vorsichtig hinaus.* Mist, mein Mann! Er kommt rauf, er ist schon vorm Haus. Ab jetzt, nimm die Sachen, steck sie unter den Mantel und geh! Komm, hilf mir, meinen Anteil unters Bett zu schieben. Nein, laß, ich schaff's alleine, beeil dich, daß dein Zeug niemand sieht.

*Margherita schiebt sich verschiedene Einkaufstüten unter die Bluse und in den Rock und verschließt den Mantel darüber, während Antonia sämtliche Plastiktüten und Einkaufstaschen, sowohl die aus der Kredenz als auch die vom Tisch, unters Bett schiebt. Draußen bleibt nur das Tierfutter.*

Nun geh endlich!

*Giovanni, Antonias Mann kommt herein und trifft Margherita an der Tür.*

MARGHERITA Tag, Giovanni!

GIOVANNI Tag, oh, Margherita ... geht's gut?

MARGHERITA Danke, gut, Tschüß Antonia, bis bald.

ANTONIA Mach's gut und grüß deinen Mann!

*Giovanni steht völlig perplex und betrachtet Margheritas aufgeblähten Bauch. Margherita ab.*

ANTONIA *nimmt das Tierfutter und stellt es in die Kredenz* Na, Giovanni, was steht du da, wie eine Salzsäule? Wird Zeit, daß du kommst! Wo warst du so lange? *Sie deckt den Tisch, Plastiktischdecke, Teller, Besteck etc.*

GIOVANNI Was ist denn mit Margherita los?

ANTONIA Was soll sein, warum?

GIOVANNI Sie ist so dick, vorneherum: Einen Bauch hat die!

ANTONIA Na und? Hast du noch nie eine verheiratete Frau mit einem dicken Bauch gesehn?

GIOVANNI Ist sie schwanger?

ANTONIA Das ist das wenigste, was einem passieren kann, wenn man mit einem Mann ins Bett geht.

GIOVANNI Und im wievielten Monat ist sie? Letzten Sonntag sah man noch gar nichts.

ANTONIA Seit wann verstehst du was von Frauen? Außerdem ist der letzte Sonntag schon fast eine Woche her und in einer Woche, das kannst du mir glauben ...

*Antonia tut so, als hätte sie viel zu tun, aber man merkt, daß sie nur ablenken will.*

GIOVANNI Vielleicht bin ich doof, aber nicht blöd ... Außerdem hätte Luigi mir was gesagt: Wir stehen am selben Band, und er erzählt mir sonst alles von sich und seiner Frau.

ANTONIA Es gibt Dinge, die einem vielleicht peinlich sind, so daß er sie nicht erzählt hat.

GIOVANNI Wieso peinlich? Spinnst du? Peinlich, daß seine Frau schwanger ist? Ist es jetzt eine Schande, ein Kind haben?

ANTONIA Dann weiß er's also nicht. Wie soll er's dir erzählt haben, wenn er's noch nicht weiß?

GIOVANNI Wieso?

ANTONIA Nun ja, ganz klar, daß sie ihm nichts sagen wollte.

GIOVANNI Wieso wollte sie ihm nichts sagen?

ANTONIA Weil Luigi ödete sie immer, Margherita, es wäre noch zu früh, momentan nicht, bei den wirtschaftlichen Aussichten und daß sie sich erst einrichten müßten, daß die Firma, wo sie arbeitet, sie entlassen würde, wenn sie schwanger wäre. Jedenfalls läßt er sie immer die Pille nehmen.

GIOVANNI Wenn sie immer die Pille nehmen muß, wie ist sie dann schwanger geworden?

ANTONIA Da sieht man, daß die Pille eben nichts getaugt hat: das kommt vor.

GIOVANNI Wieso hält sie es dann vor ihrem Mann geheim, wenn sie keine Schuld hat?

ANTONIA Vielleicht hat die Pille nicht gewirkt, weil sie sie überhaupt nicht genommen hat. Wenn man eine Pille nicht nimmt, kann es auch vorkommen, daß sie nicht wirkt.

GIOVANNI Was redest du da?

ANTONIA Ja, weißt du, Margherita ist sehr katholisch, und da der Papst gesagt hat, die Pille nehmen sei Sünde ...

GIOVANNI Also weißt du, du redest wie blöd, die Pille, die nicht wirkt, weil man sie nicht nimmt, der Papst, sie mit einem Bauch von neun Monaten und der Ehemann, der von alledem nichts merkt?

ANTONIA Wie sollte er was merken, wenn sie sich bandagiert hatte?

GIOVANNI Sie hatte sich bandagiert?

ANTONIA Ja, ganz stramm, mit Leibbinden, um nicht aufzufallen, bis ich heute zu ihr gesagt habe: »Du bist verrückt, willst du das Kind verlieren, du erstickst es noch. Mach sofort die Binden ab und laß sie dich kündigen!« Das Kind ist wichtiger! Hab ich's richtig gemacht?

GIONVANNI Natürlich. Völlig richtig. Natürlich hast du's richtig gemacht!

ANTONIA Bin ich lieb?

GIOVANNI Sehr lieb.

ANTONIA Siehst du. Margherita hat sich entbunden und flutsch! Kam der Bauch frei heraus. Aber ich hab ihr gesagt: »Wenn dein Mann Schwierigkeiten macht, kommst du zu uns, dann redet Giovanni mal drei Sätze mit ihm, wie es sich gehört.« Das war richtig, oder?

GIOVANNI Natürlich, völlig richtig.

ANTONIA Bin ich lieb?

GIOVANNI Aber ja, aber ja.

ANTONIA Aber ja, aber ja ... Wie sprichst du überhaupt ... sag mal, hast du was gegen mich? Los, was hab ich gemacht?!

GIOVANNI Nein, nichts, ich hab nichts mit dir ... es ist wegen der Sache im Betrieb heute.

ANTONIA Wieso, was ist passiert?

GIOVANNI In der Mittagspause sind wir in die Kantine, und da haben so vier oder fünf Hitzköpfe Krach geschlagen, wegen dem Essen ... es wär ein Saufraß, gerade zum Wegwerfen ...

ANTONIA Und dabei war es bestens: Bestes Essen und dazu reichlich . . .

GIOVANNI Nein, nein, es war wirklich ein Dreck . . . aber das war kein Grund, allesamt solchen Radau zu schlagen!

ANTONIA Allesamt, du sagst vier oder fünf wären es gewesen!

GIOVANNI Am Anfang! Aber dann haben alle mitgemacht . . . alle. Haben gegessen und sind raus, ohne zu zahlen.

ANTONIA Auch die andern?

GIOVANNI Welche andern?

ANTONIA Ja, nicht nur die vier oder fünf . . . die andern auch?

GIOVANNI Ja, sogar die Betriebsräte . . . die hätten zumindest ein gutes Beispiel geben müssen . . . statt mit den Extremisten zu rennen.

ANTONIA Du sagst es.

GIOVANNI Das ist noch nicht alles. Nach der Arbeit, wie ich zur Straßenbahn gehe, komm ich am Supermarkt da vorbei und seh lauter Frauen. Mindestens hundert waren es, mit einem Mordsgeschrei . . . alle vollbeladen mit Sachen. Wie ich sie frage, antworten sie, sie hätten selber bestimmt, was sie zu zahlen hätten. Verstehst du das?

ANTONIA Oh, Mann!

GIOVANNI Nicht nur das, sie hatten sogar die Ladentische geplündert, und die meisten zogen ab, ohne zu bezahlen!

ANTONIA Die auch?

GIOVANNI Wieso, die auch?

ANTONIA Ich meine, wie die Hitzköpfe bei euch im Betrieb, die in der Kantine auch nicht bezahlt haben.

GIOVANNI Ja, die auch. Sogar den Direktor haben sie mißhandelt.

ANTONIA Welchen, den vom Supermarkt oder den aus der Kantine?

GIOVANNI Alle beide.

ANTONIA Oh Mann, oh Mann! Ich bin völlig erledigt.

GIOVANNI Glaub ich dir! Ein Lumpenproletariat, Schweinebande, Ungebildete, lauter Provokateure, die das Spiel der Bosse treiben . . . damit die rumlaufen und sagen können, die Arbeiter klauen, wir wären alle Kriminelle und so weiter.

ANTONIA Was haben die Arbeiter damit zu tun? Aus dem Markt haben die Frauen die Sachen zu einem anständigen Preis geholt, oder?

GIOVANNI Ja, aber zuhause sitzen ihre Männer und tun so, als wüßten sie von nichts, und vielleicht sagen sie noch: Bravo, gut, daß du das abgestaubt hast! Anstatt ihnen mit den Konservendosen den Schädel einzuschlagen, Stück für Stück. Hör zu, wenn meine Frau so was täte, lasse ich sie die Weißblechdosen fressen mit Büchsenöffner! Laß dich nie zu einer solchen Gemütsverwirrung hinreißen. Wenn ich je davon höre, daß du was mitgehen läßt oder dir auch nur erlaubst, was unter Preis zu kaufen, und sei es eine Schachtel Sardellen, ich . . . ich . . .

ANTONIA Ich muß sie mit Büchsenöffner fressen. Ich weiß.

GIOVANNI Nein, schlimmer! Ich verlasse dieses Haus . . . schnüre mein Bündel, und du siehst mich nie wieder! Ach was! Vorher bringe ich dich um und dann laß ich mich scheiden! Wenigstens die Volksbefragung haben wir ja gewonnen!

ANTONIA Wenn du in diesem Ton redest, kannst du sofort gehen . . . auch ohne Scheidung! Was erlaubst du dir, zu glauben, ich könnte . . . Bevor ich irgendetwas ohne Bezahlung nach Hause bringe, laß ich dich lieber vor Hunger sterben!

GIOVANNI Das ist mir auch lieber! Aber sag mal: Was gibt's zu Abend? Wegen dieser Sache im Kasino habe ich noch nichts gegessen heute. Also was essen wir?

ANTONIA Hier! *Sie stellt die zwei Büchsen Hunde- und Katzenfutter auf den Tisch.*

GIOVANNI Was ist das?

ANTONIA Kannst du nicht lesen? Fertigbrei für Hunde und Katzen.

GIOVANNI Was?

ANTONIA Schmeckt ausgezeichnet!

GIOVANNI Vielleicht einem Hund.

ANTONIA Sie hatten sonst nichts. Außerdem kostet's weniger und ist nahrhaft . . . außerordentlich proteinhaltig . . . schmackhaft. Da steht's geschrieben!

GIOVANNI Willst du mich aufziehn?

ANTONIA Warst du schon mal einkaufen? Kennst du die Preise, für Öl, Fleisch, Schinken? Kostet alles das Doppelte, und dann kriegst du nichts . . . sie haben alles verschwinden lassen, um die Preise hochzutreiben. Schlimmer als im Krieg.

GIOVANNI Übertreib nicht . . . im Krieg. Ich bin jedenfalls noch kein Hund . . . und ich weigere mich!

ANTONIA Weiger dich nur ... Vielleicht bist du noch kein Hund ... ich bin sogar sicher, daß du keiner bist, aber die Unternehmer denken anders. Für sie sind wir schlimmer als Hunde!

GIOVANNI Ja, ja, einverstanden! Trotzdem: Schaff diese Schweinerei hier weg ... iß das selbst, wenn du magst, schau, ich trinke eine Tasse Milch, das reicht mir.

ANTONIA Bedaure, Milch gibt's nicht.

GIOVANNI Milch gibt's nicht?

ANTONIA Nein. Heute morgen, wie der Milchwagen kam, hieß es, der Milchpreis sei auch erhöht worden. Sofort sind diese Hitzköpfe, diese ungebildeten, auch Leute von der KP, auf den Milchwagen gestiegen und haben den Frauen die Milch für hundert Lire den Liter verkauft. Willst du vielleicht, daß ich die Milch zu dem Preis kaufen sollte? Halb gestohlene Milch? Hätt'st du das gemacht? Hätt'st du so eine Milch getrunken?

GIOVANNI Wo denkst du hin!

ANTONIA Also dann trink auch keine!

GIOVANNI Hast du denn nichts anderes?

ANTONIA Ich könnte dir ein gutes Süppchen machen.

GIOVANNI Und womit?

ANTONIA Hirse für Kanarienvögel.

GIOVANNI Kanarienvögel?

ANTONIA Ja, die ist gut ... ausgezeichnet sogar gegen Leberleiden!

GIOVANNI Ich bin aber nicht leberkrank!

ANTONIA Ist das vielleicht meine Schuld, daß du's noch nicht bist? Kostet nur halbsoviel wie Reis. Außerdem gab's keinen Reis mehr, nur noch Graupen, und die magst du nicht.

GIOVANNI Nein, nein, jetzt langt's mir! Erst Hundepamps, dann Vogelfutter.

ANTONIA Nun reg dich ab ... die Michaela hier gegenüber, macht das jeden Tag für ihren Mann ... sie schwört, es wäre ausgezeichnet ...

GIOVANNI Für ihren Mann ... ja ich weiß, dem wachsen schon Federn.

ANTONIA Das ganze Geheimnis liegt in der Brühe ... schau, ich hab noch Kaninchenköpfe gekauft.

GIOVANNI Kaninchenköpfe?

ANTONIA Gott, bist du ungebildet! Die Hirsesuppe macht man mit Kaninchenköpfen; nur den Köpfen. Tiefgefroren! Was hast du plötzlich gegen Tiefgefrorenes?

GIOVANNI Schon gut, schon gut ... ich hab verstanden ... mach's gut!

ANTONIA Wohin gehst du?

GIOVANNI Wo soll ich hingehn ... runter, in die Gastwirtschaft.

ANTONIA Hast du Geld?

GIOVANNI Richtig, gib mir mal Geld.

ANTONIA Was für Geld?

GIOVANNI Wieso was für? Erzähl mir nicht, du hättest nichts mehr.

ANTONIA Hast du vergessen, daß morgen das Gas, der Strom und die Miete fällig sind? Oder willst du, daß man uns vor die Tür setzt und Strom und Gas abschaltet?

GIOVANNI Nein, was red'st du!

ANTONIA Da siehst du, nichts Gastwirtschaft. Aber beruhige dich, mir ist was eingefallen.
*Zieht ihren Mantel an.*

GIOVANNI Wohin gehst du?

ANTONIA Zu Margherita. Sie hat heut eingekauft und muß mir was leihen. Bleib schön sitzen und lies deine Zeitung. In einer Minute bin ich zurück ... oder setz dich da rüber, schau Fernsehen, da spricht bestimmt dieser nette Ministerpräsident, daß wir eine Wirtschaftskrise hätten, daß sie schwer wäre, aber nicht verzweifelt, daß wir uns gegenseitig helfen müßten: Arme und Reiche. Den Gürtel enger schnallen, Geduld haben, Vernunft beweisen und Vertrauen zeigen, in die Regierung und die Hitparade. Jetzt zeig schön Vertrauen in die Regierung und die Hitparade, ich bin gleich zurück!

GIOVANNI Bitte ohne Kaninchenköpfe!

ANTONIA Bleib ruhig, diesmal bring ich dir die Füße! *Ab.*

GIOVANNI Du machst Witze, nur weiter so ... ich hab einen Hunger, daß ich sogar ... *Nimmt eine Dose und reibt sie mit beiden Händen.* »Ein Leckerbissen für Ihre kleinen Hunde- und Katzenfreunde! Kondensiert, schmackhaft ... Ich wüßte wirklich gern, wie's schmeckt! Wie geht den das auf? Wie üblich, kein Büchsenöffner dabei. Oh, zum Aufreißen! Jetzt schau einmal. Für Hunde und Katzen machen sie Dosen zum Aufreißen. *Öffnet die Dose.* Das hätten wir. *Schnüffelt.*

Riecht nicht schlecht. Ein bißchen wie Marmelade in Essig mit einem Hintergeruch von feingeschnittener Schweineleber und einem pikanten Beigeschmack nach Lebertran von Kabeljau. Diese Hunde und Katzen müssen schwachsinnig sein, so ein Schweinkram zu fressen. Das muß man probiert haben! Aber bitte mit einem Spritzer Zitrone gegen die Cholera.

*Von der Straße hört man Polizeisirenen, Geschrei von Frauen und Männern, militärische Befehle.*

Was ist denn jetzt los? *Er geht zu dem imaginären Fenster und winkt jemanden im Haus gegenüber zu.* He, Aldo! Aldo! Was geht da vor!? Ja, die Polizei seh ich! Aber was wollen die? Au, soviel Panzerwagen! Was? Gegen den Supermarkt? Welchen Supermarkt? Was? Hier auch? Unsern Supermarkt? Wann ist denn das passiert? Heute? Und wer? Alle? Wieso alle? Du übertreibst. Tausend Frauen. Nein! Meine Frau war bestimmt nicht dabei. Die ist gegen diese Ladendiebstähle, lieber kauft sie mir Kaninchenköpfe . . . ja. Tiefgefroren! Sie war heute gar nicht weg! Mußte einer Freundin den Bauch entbinden. Nein! Entbinden, kaputtmachen. Ich meine, entbinden im Sinne von Bandagen abnehmen . . . wegen ihrem Mann, der nicht will, daß sie schwanger wird, Luigi! Aber sie hat auf den Papst gehört, und so hat die Pille nichts genutzt, so daß sie innerhalb einer Woche dick geworden ist . . . Sachen gibt's! Was heißt, du verstehst nichts?!

*Schaut nach unten, von wo man wieder Befehle und Schreie hört.*

Junge, das ist eine richtige Razzia! Wollen die wirklich Haus für Haus durchsuchen? Die sollen nur herkommen, den zeig ich's. Das ist eine Provokation. Aber wirklich! Eine ausgewachsene Ehrabschneiderei: Die Arbeiter sind alles Taugenichtse, Diebe und Geistesschwache!

*Es klopft an die Tür.*

STIMME VON DRAUSSEN Darf ich?

GIOVANNI Wer ist da?

STIMME VON DRAUSSEN Machen Sie auf, Polizei!

GIOVANNI *öffnet die Tür* Polizei? Was wollt ihr?

POLIZEIWACHTMEISTER Hausdurchsuchung! Hier ist die Anordnung. Alle Wohnungen werden durchsucht.

GIOVANNI Wieso? Sucht ihr was?

WACHTMEISTER Tun Sie nicht so dumm. Sie wissen genau, daß

der Supermarkt heute überfallen worden ist. Tausende Frauen und ein paar Männer haben etliche Zentner Lebensmittel zum halben Preis gekauft . . . und viele haben gar nichts bezahlt. Wir suchen die Beute oder, wenn Ihnen das lieber ist, die zu stark herabgesetzten Preisen erworbenen Waren.

GIOVANNI Und da kommt ihr zu mir? Als ob ich ein Dieb oder ein Schwerverbrecher wär?

WACHTMEISTER Denken Sie, was Sie wollen. Ich hab nichts mit der Sache zu tun. Ich habe meine Befehle und muß sie ausführen.

GIOVANNI Führen Sie aus, führen Sie ruhig aus! Aber ich sage Ihnen, das ist eine Provokation! Schlimmer: Es ist ein Tritt in den Hintern! Sie kommen und beleidigen uns, wo wir bald am Verhungern sind. Schauen Sie, was ich zu essen habe: Sterilisierter Fertigbrei für Hunde und Katzen. *Streckt dem Wachtmeister die Büchse entgegen.*

WACHTMEISTER Was?

GIOVANNI Schauen Sie nur . . . riechen Sie mal an der Sauerei! Kostet nur halb so viel wie die Hälfte . . . hier, Kaninchenköpfe. *Hält dem Wachtmeister den Plastikbeutel mit den Kaninchenköpfen unter die Nase.* Unsereins kann sich nicht mal mehr ein christliches Essen leisten . . . ist auch kaum was da . . . wird versteckt, um die Preise künstlich hochzuhalten!

WACHTMEISTER Essen Sie das Zeugs wirklich?

GIOVANNI Wir müssen . . . es ist gar nicht so schlecht! Essen Sie einen Happen mit? Keine falsche Bescheidenheit! Zwei Tropfen Zitrone drauf, das geht runter wie Katzendreck! Kosten Sie! Hilft auch gegen Ischiasschmerzen!

WACHTMEISTER Nein, danke . . . ich kotze nie vor dem Essen.

GIOVANNI Versteht sich . . . Soll ich Ihnen lieber ein gutes Süppchen aus Vogelhirse machen?

WACHTMEISTER Vogelhirse? Wollen Sie mich auf den Arm nehmen?

GIOVANNI Nicht im Traum. Hier! Kostet nur 200 Lire das Kilo . . . essen Sie das und Sie können zwitschern: Tirili! Wissen Sie, was ein Singvogel ist? Ein Ganove, der singt. Damit werden Sie zum Singvogel.

WACHTMEISTER Ich sehe, euch geht's dreckig! Aber wir, mit unserm Gehalt, das ist auch kein Vergnügen. Meine Frau, die Arme, hat auch ihre Mühe. Bei dem Essen in der Polizeikaserne! Ich begreife auch die Frauen, die heute diesen Ausverkauf organisiert haben. Recht haben sie ... Persönlich haben Sie mein volles Verständnis: Gegen den Diebstahl von oben gibt's nur eins, Enteignung!

GIOVANNI Was ... Sie geben denen Recht?

WACHTMEISTER So geht's doch nicht weiter. Sie mögen's nicht glauben, aber mir wird übel, wenn ich hier Polizeidienst hab. Diese dreckige Razzia machen muß. Für wen denn? Für eine Handvoll schmutziger Spekulanten, die raffen und rauben ... das sind die eigentlichen Diebe!

GIOVANNI Verzeihung, Herr Wachtmeister ... Sie sind doch Wachtmeister, oder?

WACHTMEISTER Ja, Wachtmeister.

GIOVANNI In Ordnung! Darf man so etwas sagen? Sie als Polizist? Wissen Sie, daß Sie wie ein Extremist reden?

WACHTMEISTER Aber was, Extremist. Ich denke nur nach. Und ich reg mich auf ... Ihr müßt aufhören, uns Polizisten als eine blinde Masse von Dummköpfen zu betrachten, denen man nur zu pfeifen braucht, und schon parieren wir: »Zu Befehl, ab Marsch, bellen, beißen, wie die Wachhunde! Und wehe, du unterstehst dich zu reden oder zu diskutieren ... nie eine eigene Meinung haben ... kusch! In die Ecke!«

STIMME VON DRAUSSEN Herr Wachtmeister! Wo stecken Sie?

WACHTMEISTER *nach draußen* Hier, im zweiten Stock ... ich durchsuche die Wohnung ... geht nach oben in die oberen Stockwerke!

GIOVANNI Gut, schon recht ... einverstanden ... die Partei sagt ja auch, ihr wärt Söhne des Volkes, genau wie wir Arbeiter ...

WACHTMEISTER Was heißt Söhne des Volkes ... Knechte sind wir ... Handlanger der herrschenden Klassen, die Büttel der Bosse ... wir sind diejenigen, die über die Einhaltung ihrer Gesetze wachen müssen, ihre Intrigen beschützen ... sogar die Bomben, die sie werfen lassen!

GIOVANNI Entschuldigung, aber wenn Sie so denken, warum haben Sie dann diesen Beruf gewählt?

WACHTMEISTER Wer hat hier gewählt, Mann? Haben Sie sich vielleicht diesen Schweinekram zum Essen ausgewählt, dieses Hunde- und Katzenzeug, die Kaninchenköpfe, die Hirse für die Kanarienvögel?

GIOVANNI Nein! Wir haben nichts anders.

WACHTMEISTER Sehen Sie. Und für mich gab's auch nichts anderes ... Vogel friß oder stirb. Ich habe studiert, ich bin Doktor, mein Lieber ...

STIMME VON DRAUSSEN Herr Wachtmeister! Wir sind fertig hier! Sollen wir weitermachen?

WACHTMEISTER Natürlich! Haut ab, in den nächsten Aufgang ... ich komm hinterher. Ich hab promoviert, sagte ich. Mein Vater hat sich krummgelegt, Jahre lang, um mich studieren zu lassen ... und was hatt' ich davon? Nichts! Entweder auswandern oder ein Job bei der Stadtreinigung, oder Polyp werden! Mich haben die Umstände dazu gezwungen, mein Lieber! »Komm zur Polizei! Du lernst die Welt kennen!« Ich hab die Welt kennengelernt! Eine Welt von Aasgeiern, Betrügern und Betrogenen!

GIOVANNI So wie Sie denken bestimmt nicht alle. Manch einer hat's gut bei der Polizei.

WACHTMEISTER Ja, die sich von der Propaganda einwickeln lassen: Sinn für Ehre und Opferbereitschaft. Diejenigen, die andere fertigmachen und sich dabei einbilden, sie wären was; die die Befehle geben, anderen die Köpfe einzuschlagen: Die dumpfen Söhne eines Volkes von Ochsen!

GIOVANNI Was Sie nicht sagen ... wenn ich das nicht mit eigenen Augen gehört hätte, ich würde's nicht glauben. Hier: Aber die Polizei ist doch nötig, oder? Ich meine, vielleicht ein bißchen demokratischer, aber sonst herrscht das Chaos! Da kommt einem vielleicht der Gedanke, das wäre richtig so, man kann doch nicht seinen Kopf durchsetzen, *Er hält einen Kaninchenkopf in der Hand und schwenkt ihn hin und her, ohne es zu bemerken,* und einfach hergehen und nach dem Einkaufen einfach das bezahlen, was einem in den Kopf kommt! Die Gesetze müssen eingehalten werden!

WACHTMEISTER Tja, und wenn das Gesetz ungerecht ist, nur ein Deckmantel für die Räuber und Diebe?

GIOVANNI Dafür haben wir ein Parlament, die Parteien ... die Formen des demokratischen Kampfes ... dann werden die Gesetze eben reformiert.

WACHTMEISTER Wo gibt's hier Reformen? Wer reformiert hier was? Was sind das für Reformen? Ein Beschiß sind sie. Seit 20 Jahren verspricht man sie uns. Die einzigen Reformen bisher sind die protzigen Steinhaufen der Regierungspaläste, die Reform der Verteuerung des Benzins und des Heizöls, die Steuererhöhungen . . . die Reform zur Verteilung von Steuergeldern an die Parteien, einschließlich der Faschisten. Erst bestehlen sie uns und dann, um sich selbst zu bestrafen, beschließen diese Schelme in der Regierung, sich selber zu finanzieren . . . noch ein Milliardendiebstahl, diesmal völlig legal! Und die kommunistische Partei macht das mit.

GIOVANNI Da haben Sie Recht. Das hat mir auch nicht gefallen. Diese Schweinerei!

WACHTMEISTER Glauben Sie mir: Die einzigen, wirklichen Reformen, wenn die Leute anfangen zu denken, muß man auf eigene Faust machen. Weil, solange man seine Verantwortung delegiert, Vertrauen hat, Geduld zeigt, Verantwortungsbewußtsein, Verständnisbereitschaft, Selbstdisziplin, Selbstkontrolle, politische Reife . . . und wie dieser Schmonzes alle heißt . . . solange passiert gar nichts! Aber jetzt müssen Sie mich entschuldigen. Ich muß wieder an meine Arbeit.

GIOVANNI Da. Erst spielen Sie den Maoisten und dann, wenn 's ernst wird, nehmen Sie Ihren Hut und sind wieder Polizist.

WACHTMEISTER Recht haben Sie! Ich kann nur große Worte machen. Mir fehlt offensichtlich noch der Mut und das Bewußtsein. Bisher bin ich bloß stark im Schwätzen.

GIOVANNI Kompliment! Ja, im Schwätzen . . . der arme Doktorand, der Polizist sein muß, weil er keine andere Wahl hat. Soll ich darüber weinen? »Ich kann doch nicht etwa auswandern, ich bin schließlich Doktor!« Natürlich hätten Sie auswandern müssen, stattdessen, oder lieber Straßenkehrer werden, wie so viele Menschen in unserm Land . . . Das wäre eine männliche Entscheidung gewesen! Da hätten Sie Würde zeigen können! Verstehen Sie? Es ist nur eine Frage der Würde! Was Sie sprechen, sind nichts als die üblichen Ausreden der Leute, die niemals ein Risiko eingehen wollen. Und morgen treffen wir uns womöglich vor der Fabrik, wo Sie streikende Arbeiter verprügeln.

WACHTMEISTER Recht so . . . Sie haben abermals Recht . . . aber man weiß nie . . . womöglich hören Sie demnächst, daß Polizisten sich geweigert haben, im Auftrage eines Unternehmers Arbeiter zu verhauen . . . und vielleicht kämpfen wir bald auf der anderen Seite.

GIOVANNI *lacht* Sowas möcht ich mal sehn. Eher geht der Papst als Indianer verkleidet!

WACHTMEISTER Passen Sie auf, die Welt ändert sich rasch. Und ob sie sich ändert. Leben Sie wohl und guten Appetit!

GIOVANNI Ja was? Sie wollen gehen ohne eine Spur von Hausdurchsuchung? Das ist eine Beleidigung. Werfen Sie wenigstens ein Auge unters Bett, in den Schrank, aus Höflichkeit ...

WACHTMEISTER Wozu? Um noch einen Sack Schweinefutter und eine große Dose Mastfutter für Zuchtforellen zu finden? Danke, mir ist nicht danach. Nochmals, guten Appetit! *Ab.*

GIOVANNI Guten Abend! Man hört doch nie auf, neue Wunder zu erleben in dieser Welt! Sogar einen völlig roten Sicherheitspolizeisubversiven gibt es. Sonst trifft man in der Polizei nur Faschisten, Dickschädel und Schläger ... und auf einmal ... Jetzt weiß ich, wo die Extremisten von beiden Seiten gelandet sind: In der Polizei ... die kritisieren einem die eigene kommunistische Partei noch von links. Wenn das die Partei erfährt: Söhne des Volkes! Halt! Jetzt versteh ich ... das war ein Provokateur! Er wollte mich nur zum Singen bringen: »Überfallt die Supermärkte ... die Polizei probt den Aufstand!«, und ich, wenn ich darauf reingefallen wäre: tack! »Halt, rote Brigaden! Du bist verhaftet! Wo hast du den entführten Staatsanwalt versteckt?« Aber das hat der Rabe nicht geschluckt ...

*Er öffnet gedankenverloren den Beutel mit der Kanarienvogelhirse und beginnt zu essen.* Der Rabe ißt nur guten Käse ... *Verzieht die Miene.* Nein. In diesem Fall frißt er Vogelfutter!

*Seine Frau kommt herein, dahinter ihre Freundin, die über ihrem dicken Bauch immer noch den Mantel trägt. Margherita zieht sich sofort wieder zurück.*

ANTONIA Waren sie hier?

GIOVANNI Wer?

ANTONIA Weißt du nicht, was passiert ist? Daß sie Haus für Haus durchsuchen?

GIOVANNI Ja, ich weiß.

ANTONIA Die Mambettis und die Fossanis haben sie verhaftet ... In einer Menge Wohnungen haben Sie Sachen gefunden und alles beschlagnahmt!

GIOVANNI Gut gemacht! Unrecht Gut gedeihet nicht!

ANTONIA Aber sie haben auch Sachen beschlagnahmt, die regulär bezahlt waren.

GIOVANNI Natürlich, das ist immer so. Das Gesetz straft den Bösen wie die Guten! Bei uns zum Beispiel sind sie gekommen und ...

ANTONIA Sie waren hier?

GIOVANNI Selbstverständlich!

ANTONIA Haben sie was gefunden?

GIOVANNI Wieso? Haben wir was?

ANTONIA Nein ... aber man kann nie wissen. Manchmal ist man überzeugt, nichts zu haben, und dann ...

GIOVANNI Und dann?

ANTONIA Dann schleppen sie's dir ins Haus, um dich reinzulegen. Es wäre nicht das erste Mal. Bei der Rosa ihrem Sohn haben sie Hausdurchsuchung gemacht und dabei: tack! Haben sie ihm eine Pistole unters Kopfkissen und ein Paket Flugblätter unters Bett geschoben.

GIOVANNI Ist das stark! Sie kommen her und schieben uns ein paar Säcke Nudeln und Zucker unters Bett?

ANTONIA Nein, so direkt nicht ... das war nur eine Redensart von mir.

GIOVANNI Ja, aber vielleicht hast du Recht. Komm, laß uns mal gucken.

ANTONIA Nein!

GIOVANNI Was heißt nein?

ANTONIA Du machst mir die Kissen schmutzig mit deinen Pfoten ... Ich schau selber nach ... Geh du lieber und laß Margherita rein.

GIOVANNI Wo ist sie denn?

ANTONIA Vor der Tür natürlich.

GIOVANNI Wieso hast du sie draußen gelassen? Margherita, Herr des Himmels, was machst du da? Komm rein, komm schon.

*Margherita kommt schluchzend herein.* Was ist los? Warum weint sie?

ANTONIA Die Ärmste! War völlig alleine zu Haus, als dieser ganze Polizeiapparat bei ihr reinkam. Sie ist völlig geschockt! Denk nur, ein Feldwebel wollte ihr sogar den Bauch abtasten.

GIOVANNI Das Schwein! Warum?

ANTONIA Weil er sich in Kopf gesetzt hatte, sie hätte statt dem Kind lauter Nudeln und andere Sachen im Bauch.

GIOVANNI Ein Schweinehund!

ANTONIA Du sagst es ... Komm, Margherita, setz dich aufs Bett ... Ich hab ihr gesagt, sie soll zu uns kommen. Hab ich's richtig gemacht?

GIOVANNI Völlig richtig. Zieh den Mantel aus Margherita.

MARGHERITA Nein, danke.

GIOVANNI Jetzt zier dich nicht! Zieh ihn ruhig aus.

ANTONIA Jetzt laß sie in Ruhe! Wenn sie sagt, sie will ihn anbehalten?! Wenn sie friert?!

GIOVANNI Aber es ist warm!

ANTONIA Dir ist warm und ihr ist kalt. Vielleicht hat sie Fieber!

GIOVANNI Geht's ihr nicht gut?

ANTONIA Sie hat die Wehen!

GIOVANNI Was? Schon?

ANTONIA Was verstehst du davon? Vor einer halben Stunde wußtest du nicht, daß sie schwanger ist, und jetzt wunderst du dich, daß sie ihre Wehen hat!

GIOVANNI Also, mir scheint, ich meine ... es kommt mir ein bißchen früh vor!

ANTONIA Hör endlich auf! Was weißt du, ob sie zu früh sind oder nicht? Sie muß es doch besser wissen als du. Komm, zieh dich aus ... und mach dich unter die Bettdecke. Tu mir einen Gefallen: Dreh dich wenigstens um.

GIOVANNI Ja, ja, ich dreh mich um. *Dreht sich um.*

ANTONIA Ist ja gut, jetzt hör auf, zu weinen ... jetzt ist alles gut ...

GIOVANNI Es wäre aber besser, einen Doktor zu rufen, wenn sie die Wehen hat. Oder vielleicht sogar einen Krankenwagen.

ANTONIA Natürlich, einen Krankenwagen, damit machen wir eine schöne Spazierfahrt durch sämtliche Krankenhäuser der Stadt ... immer hin und her ... mal sehen, ob wir ein Bett für dich finden! Da kommt das Kind bestimmt fein zur Welt! Weißt du nicht, daß in den Krankenhäusern ein derartiger Kuddelmuddel herrscht, daß du von der Krankenkasse dich mindestens zwei Monate vorher anmelden mußt?

GIOVANNI Warum hat sie sich nicht vormerken lassen?

ANTONIA Natürlich. Warum hat sie sich nicht vormerken lassen?

An sowas müssen immer wir Frauen denken, immer wir: Wir rennen rum, wir kriegen die Kinder, wir melden uns an! Warum hat ihr Mann sie nicht angemeldet?!

GIOVANNI Aber wenn er gar nichts davon wußte?

ANTONIA Gute Ausrede: Er wußte nichts davon. So seid ihr immer, ihr Männer. Ihr gebt uns die Lohntüte und sagt: »Sieh zu, wie du damit fertig wirst!« Ihr pimpert ... weil ihr euren heiligen Orgasmus erleben müßt ... ihr macht uns ein Kind und dann: »Kümmer du dich drum! Nimm die Pille.« Keiner denkt an die arme Ehefrau, die eine so glühende Katholikin ist, daß sie jede Nacht vom Papst träumt, der zu ihr sagt: »Du sündigst, du mußt Kinder kriegen«

GIOVANNI Jetzt entschuldige ... vielleicht bin ich ... lassen wir einmal den Papst, der ihr sogar im Traum noch den Nerv tötet, als ob es nicht genug wäre, jeden Sonntag von Sankt Peter aus dem Fernseher zu tönen: »Seid gut zueinander ... wir sind alle Kinder Gottes: Arme wie Reiche ... besonders aber die Reichen!« Ich meine, ich frage dich: Seit wann ist Margherita schwanger?

ANTONIA Was geht dich das an?! Wie sprichst du überhaupt über den Papst?!

GIOVANNI Nein, ich frage: Wenn sie doch erst seit fünf Monaten verheiratet sind?

ANTONIA Und? Können sie davor nichts miteinander gehabt haben? Oder bist du genauso ein abgefeimter, dreckiger Moralist wie der Papst?

GIOVANNI Ja, aber wenn ihr Mann mir selber erzählt hat, daß sie das erste Mal in der Hochzeitsnacht miteinander geschlafen haben?!

MARGHERITA Mein Luigi hat dir solche Sachen erzählt?

ANTONIA Das glaubst du, so intime Dinge, das erzählt er dem ersten besten, der ihm begegnet!

GIOVANNI Ich bin nicht der erste beste, der ihm begegnet. Ich bin sein bester Freund. Mir erzählt er immer alles, er fragt mich um Rat ... weil ich der Ältere bin und mehr Erfahrung habe.

ANTONIA Hoho, er hat mehr Erfahrung!

*Es klopft an die Tür.*

ANTONIA Wer ist da?

STIMME VON AUSSEN Aufmachen, Polizei!

GIOVANNI Schon wieder?

ANTONIA Oh, mein Gott!

GIOVANNI *öffnet die Tür* Ach Sie? Guten Abend!

*Derselbe Schauspieler, der den Wachtmeister spielt, tritt auf, diesmal in der Uniform eines Carabiniere und mit einem Schnurrbart.*

CARABINIERE Wieso schon wieder ich?

GIOVANNI Oh, Entschuldigung, ich hielt Sie für den von vorhin.

CARABINIERE Welchen von vorhin?

GIOVANNI Den Wachtmeister von der Sicherheitspolizei.

CARABINIERE Ich bin Unteroffizier bei den Carabinieri.

GIOVANNI Man sieht's. Außerdem tragen Sie einen Schnurrbart. Was wünschen Sie?

CARABINIERE *Während hinter ihm noch zwei Carabinieri den Raum betreten* Wir müssen die Wohnung durchsuchen.

GIOVANNI Ihre Kollegen von der Sicherheitspolizei haben aber schon alles durchsucht.

CARABINIERE Das tut nichts zur Sache! Wir sind zwei voneinander unabhängige Einheiten.

GIOVANNI Ach, ihr seid mißtrauisch, und da wollt ihr lieber einmal nachschauen, ob die anderen nichts übersehen haben! Danach kommt vielleicht noch die Steuerfahndung, um euch zu kontrollieren, dann der militärische Abschirmdienst, dann die unabhängigen Sicherheitskräfte der Marine . . .

CARABINIERE Machen Sie keine Witze! Treten Sie beiseite und lassen Sie uns unsere Arbeit machen.

ANTONIA Natürlich, jeder muß seine Arbeit verrichten. Wir schaffen in der Fabrik acht Stunden am Webstuhl . . . Du stehst acht Stunden am Montageband, wie ein Blöder, und Sie arbeiten und kontrollieren, daß es keine Eigenmächtigkeiten gibt: daß jeder den Kapitalisten bezahlt, was sie verlangen!

*Die Carabinieri öffnen den Schrank und die Kredenz.*

Leider passiert es euch nie, daß ihr kontrollieren müßt, ob die Unternehmer die Tarifverträge respektieren, ob sie uns mit den Akkordnormen kaputtschinden, ob sie uns zu Kurzarbeit verdonnern, ob die Unfallverhütungsvorschriften nicht beachtet werden, ob sie die Preise umgehemmt in die Höhe treiben, ob sie uns aus der Wohnung werfen, ob sie uns dem Hunger ausliefern!

*Der Carabiniere setzt die Durchsuchung unbeirrt fort.*

GIOVANNI Nein, so darfst du nicht reden, es ist ihnen auch unangenehm! Stimmt's, Herr Unteroffizier, daß es Ihnen mißfällt, für die Kaufhausbosse Hausdurchsuchungen zu machen? Sagen Sie meiner Frau, daß die Polizei es satt ist, sich mit der Trillerpfeife herumkommandieren zu lassen: Zu Befehl, ab Marsch, bellen, beißen, wie die Wachhunde, aber wehe, wenn einer diskutieren will, kusch, in die Ecke!

CARABINIERE Entschuldigung, könnten Sie das wiederholen? Wie war das mit den Wachhunden?

GIOVANNI Ich sagte, daß ihr nicht etwa Söhne des Volkes wärt, wie die kommunistische Partei meint ... Ihr seid Knechte der Macht ... Büttel der Unternehmer.

CARABINIERE *Zu den beiden anderen Carabinieri* Legt ihm Handschellen an!

GIOVANNI Handschellen? Verzeihung: Warum?

CARABINIERE Beamtenbeleidigung.

GIOVANNI Wieso Beleidigung? Das stammt doch gar nicht von mir! Das hat mir Ihr Kollege von vorhin gesagt, er hat gesagt, ihr fühlt euch wie Büttel der herrschenden Klassen!

CARABINIERE Wer wir? Wir Carabinieri?

GIOVANNI Nein, er sagte wir, wie sie ... die von der Sicherheitspolizei.

CARABINIERE Ach so. Wenn die sich als Bullen fühlen, die Sicherheitspolizei, das ist was anderes. Macht ihm die Handschellen wieder ab. Aber aufgepaßt, was Sie sagen!

GIOVANNI Ja, ja, ich paß auf ... Kerle, was sind die unabhängigen Einheiten voneinander unabhängig.

*Die Carabinieri setzen die Durchsuchung fort und nähern sich dem Bett.*

ANTONIA *zu Margherita* Los, kreisch, weinen.

MARGHERITA *jammert laut.*

ANTONIA Lauter.

MARGHERITA *kreischt lauter.*

CARABINIERE Was ist, was hat sie?

ANTONIA Die Wehen, die Ärmste!

GIOVANNI Frühgeburt, fünfter Monat, höchstens!

ANTONIA Sie hatte vorhin einen Nervenzusammenbruch ... wegen der Polizisten, die ihr den Bauch abtätscheln wollten, die Ärmste.

CARABINIERE Den Bauch abtasten?

GIOVANNI Um zu sehen, ob sie vielleicht ein paar Tüten Reis oder Nudeln unter dem Rock hätte, statt des Kindes. Kommen Sie, bedienen Sie sich; tasten Sie sie ab! Es ist nur eine kleine Arbeiterfrau ... da ist alles erlaubt. Sie ist nicht etwa die Fürstin sowieso oder die Frau vom Unternehmerboß sowieso, wo man euch aus den Latschen haut, wenn ihr sie anrührt. Völlig ungefährlich: Treten Sie näher! Ein Fummeln in Ehren kann niemand verwehren!

CARABINIERE Hören Sie, hören Sie auf! Sie provozieren uns!

ANTONIA Ja, du übertreibst! Hör sofort auf!

MARGHERITA *schreit überlaut.*

ANTONIA Und du übertreibst auch. Schrei leiser!

CARABINIERE Ja, haben Sie schon die Ambulanz benachrichtigt?

ANTONIA Eine Ambulanz?

CARABINIERE Aber ja, die arme Frau stirbt euch womöglich noch. Außerdem verliert sie das Kind, wenn 's eine Frühgeburt ist.

GIOVANNI Ganz recht! Siehst du, wie menschlich der Unteroffizier ist? Ich hab's dir gesagt, daß wir den Krankenwagen holen müssen!

ANTONIA Und ich hab's dir gesagt, daß man angemeldet sein muß, sonst nehmen sie einen nicht. Die schicken dich von einem Krankenhaus ins nächste. Du stirbst auf dem Transport!

*Von draußen ist die Sirene einer Ambulanz zu hören.*

CARABINIERE *geht zum Fenster und schaut hinaus* Da ist der Krankenwagen, den wir für die Frau eine Etage tiefer gerufen haben. Sie fühlte sich nicht gut. *Zu den zwei anderen Carabinieri.* Kommt, faßt mit an, wir laden die hier auch gleich ein.

ANTONIA *widersetzt sich* Nein, ich bitte Sie, nur keine Umstände.

MARGHERITA Ich will aber nicht ins Krankenhaus!

ANTONIA Da sehn Sie's. Sie will nicht.

MARGHERITA Ich will meinen Mann, meinen Mann ... *Jammert laut.*

ANTONIA Da, bitte. Sie will ihren Mann. Er ist verhindert, weil er Nachtschicht hat. Tut mir leid, aber ohne seine Zustimmung können wir diese Verantwortung keinesfalls übernehmen.

GIOVANNI Genau. Nicht übernehmen.

CARABINIERE So, nicht übernehmen. Dafür übernehmen Sie die Verantwortung, daß sie hier stirbt?

ANTONIA Wieso überhaupt ins Krankenhaus?

CARABINIERE Im Krankenhaus kann man sie retten und das Kind vielleicht auch.

GIOVANNI Aber eine Frühgeburt, ich sag's Ihnen doch!

MARGHERITA Ja, ich bin zu früh dran ... *Jammert lauter.*

ANTONIA Bei den Schlaglöchern kriegt sie das Kind schon im Auto! Und wie wollen Sie ein Fünfmonatskind retten?

CARABINIERE Sie haben offensichtlich keine Ahnung von den medizinischen Fortschritten heutzutage. Haben Sie nie etwas von einer Vitrinengeburt gehört?

ANTONIA Doch, aber was soll die Vitrine? Die können ein Fünfmonatskind nicht ständig in ein Sauerstoffzelt legen.

GIOVANNI Eben. So ein winzig-kleines Zelt ... und überhaupt: Ein Krankenhaus ist kein Campingplatz. Mit fünf Monaten wird man nie ein Pfadfinder.

CARABINIERE Sie sind geistig wirklich am Verhungern, wie mir scheint.

GIOVANNI Oh, ja, und nicht nur geistig.

CARABINIERE Sie leben völlig hinterm Mond. Haben Sie nie gesehen, was wir hier in Mailand für unwahrscheinliche Apparate haben ... in der gynäkologischen Klinik? Vor fünf Monaten war ich da zum Dienst eingeteilt und habe es gesehen. Sogar Verpflanzungen machen die da!

GIOVANNI UND ANTONIA Was für Verpflanzungen?

CARABINIERE Eine Frühgeburt. Sie haben einer Frau, die eine Fehlgeburt hatte, ein vier Monate altes Kind aus dem Bauch operiert und es in den Bauch einer anderen Frau verpflanzt.

GIOVANNI In den Bauch?

CARABINIERE Wohin sonst? Kaiserschnitt, rausgeschnitten, übertragen, eingepflanzt mit Mutterkuchen und allem ... zugenäht und nach fünf Monaten ... jetzt vorigen Monat, ist es zur Welt gekommen, schön und gesund, wie ein Fisch.

GIOVANNI Wie ein Fisch?

CARABINIERE Ja.

GIOVANNI Da ist ein Trick dabei.

ANTONIA Was für ein Trick? Ich hab's auch gelesen. Sachen gibt's, die glaubst du nicht: Ein Kind, das zweimal zur Welt kommt . . . mit zwei Müttern.

MARGHERITA Nein, ich will nicht! Ich will nicht! *Jammert.*

ANTONIA Recht hat sie, die Ärmste . . . ich würde mein Kind auch keiner anderen Frau zu gebären geben.

MARGHERITA Ich will nicht, ich will nicht, ich geb meine Zustimmung nicht!

ANTONIA Hören Sie? Sie gibt keine Zustimmung! Wir müssen Sie hier lassen.

CARABINIERE Dann gebe ich meine Zustimmung! Auf meine Verantwortung! Ich will keinen Ärger wegen unterlassener Hilfeleistung.

ANTONIA Eine schöne Willkür ist das: Erst wühlen Sie uns alles durch, dann legen Sie uns Handschellen an . . . jetzt wollen Sie uns auch noch in den Krankenwagen verschleppen. Wenn ihr uns schon nicht in Frieden leben laßt, laßt uns wenigstens sterben, wo wir wollen!

CARABINIERE Ihr könnt eben nicht sterben, wo ihr möchtet.

GIOVANNI Genau, es wird dort gestorben, wo das Gesetz es befiehlt!

CARABINIERE Hüten Sie Ihre Zunge. Ich hab Sie gewarnt!

GIOVANNI Ich sag doch gar nichts.

ANTONIA Laß gut sein, Giovanni. Komm, wir tragen sie runter.

CARABINIERE Soll ich die Bahre kommen lassen!

ANTONIA Nein, es geht so alleine . . . Stimmt's, du kannst gehen? Komm, wir stellen sie hin.

MARGHERITA Ja, gut so . . . Nein, nein, oh nein. Es rutscht raus!

ANTONIA Gottverdammich! Würden Sie bitte einen Moment rausgehen . . . meine Freundin ist halbnackt, ich muß ihr was überziehen.

CARABINIERE Versteht sich. Wir gehen. *Alle Männer gehen hinaus.*

ANTONIA Komm, rasch . . . zieh die Tüten mehr nach oben. Sowas Blödes, daß dieser Krankenwagen kommen mußte!

MARGHERITA Ich wußt es, daß es so enden würde! Was machen wir bloß im Krankenhaus, wenn die merken, daß ich von Reis und Nudeln schwanger bin?

ANTONIA Da passiert gar nichts! Wir kommen gar nicht so weit.

MARGHERITA Weil sie uns vorher verhaften, bestimmt.

ANTONIA Hör auf zu plärren! Sobald wir im Krankenwagen sind, sagen wir den Krankenträgern was passiert ist . . . Das sind gute Leute, die halten zu uns ... die helfen uns bestimmt.

MARGHERITA Und wenn sie nicht zu uns halten und uns anzeigen?

ANTONIA Hör auf, die zeigen uns nicht an.

MARGHERITA Es rutscht, die Tüte hier, jetzt wird's auch noch naß!

ANTONIA Halt fest! Ist das eine Sauerei!

MARGHERITA Nicht so drücken ... ojeh, eine Tüte Oliven ist aufgeplatzt! Oh, nein!!

*In dem Augenblick kommt Giovanni wieder herein, gefolgt vom Carabiniere.*

GIOVANNI Was ist jetzt?

MARGHERITA Es läuft, es läuft alles raus!

GIOVANNI Das Kind kommt, das Kind kommt! Schnell, helfen Sie mir!

CARABINIERE Lassen Sie mich mal ran.

ANTONIA Ja, so ist gut, waagerecht müssen wir sie halten!

CARABINIERE Was ist denn da so naß?

ANTONIA Sie wird das Fruchtwasser verlieren.

GIOVANNI Schnell, sonst kriegt sie das Kind schon hier.

ANTONIA Ruhig, ruhig ... immer schön langsam.

MARGHERITA Mir läuft's, mir läuft's!

ANTONIA Ich weiß, dir läuft's! Wartet mal, wir wickeln sie in die Wolldecke. Ganz vorsichtig, Herr Wachtmeister.

GIOVANNI Wartet! Ich hole nur meine Jacke. Ich komme mit.

ANTONIA Du bleibst daheim! Das hier ist Frauensache! Nimm lieber einen Putzlumpen und wisch das Wasser vom Fußboden.

GIOVANNI Aber bitte, ja ... ich nehm einen Putzlumpen und wisch auf ... das ist Männersache.

*Alle ab, bis auf Giovanni, der den Putzlappen nimmt und sich zum Fenster schleicht.*

Jetzt schau einmal, was eine Aufregung, wer weiß, wie Luigi das aufnehmen wird, wenn er morgen von der Nachtschicht heimkommt ... vielleicht wird er ganz unerwartet Vater ... den trifft der Schlag! Und wenn das Kind dann auch noch in den Bauch einer anderen Frau verpflanzt worden ist? Dann trifft ihn der Doppelschlag ... und er liegt um! Ich muß unbedingt mit ihm reden und ihn auf sein Glück langsam, lang-

sam vorbereiten ... ich werd ganz weit ausholen ... natürlich ... mit dem Papst werd ich anfangen ... »Liebe Brüder in Christibus!«
*Er wirft sich auf die Knie und beginnt den Fußboden zu wischen.* Alles ist naß! Wie komisch das riecht, wie Essig ... ja, genau ... wie Salzlake ... Das wußt ich auch nicht, daß man vor der Geburt neun Monate in Salzlake und Essigsoße schwimmt! Jetzt schau einmal da, was ist das? Eine Olive? Man schwimmt in Salzlake mit Oliven? Auch das noch! Nein, nein bin ich denn verrückt? Die Olive gehört nicht dazu! *Die Sirene wird wieder in Gang gesetzt. Giovanni erhebt sich und geht zum Fenster.*
Da fahren sie hin. Hoffentlich geht alles gut. Was ist denn das? Noch eine Olive? Zwei Oliven? Wenn ihre Herkunft nicht ein bißchen ungeklärt wäre, würde ich sie glatt essen ... ich hab einen Hunger! Bald mach ich mir wirklich eine Hirsesuppe. Vielleicht schmeckt sie. Wasser ist schon aufgestellt, ich mach zwei Brühwürfel rein ... eine Zwiebel ... *Er öffnet den Eisschrank.*
Wußt ich's doch! Keine Brühwürfel und noch nicht einmal eine Zwiebel ... Jetzt muß ich doch einen Kaninchenkopf mitkochen! Kerle, ich komme mir vor wie die böse Königin aus Schneewittchen und die sieben Zwerge, wenn sie ihren Zaubertrank zubereitet ... nachher eß ich die Vogelfuttersuppe und wumm! Verwandle mich in einen Frosch! Oder in einen der sieben Zwerge ... nein, in den achten: Dreggerli!
*Gedankenverloren dreht er am Schraubverschluß des Schweißgeräts.* Was macht denn mein Schweißgerät hier? Wie oft muß ich dieser Schwachsinnigen von einer Frau noch sagen, daß sie meinen Schweißbrenner nicht als Gasanzünder benutzen soll, weil es gefährlich ist! Die macht einem noch die Gasflasche leer.
*In der Tür erscheint Luigi, Margheritas Mann.*

LUIGI Darf ich? Ist jemand da?

GIOVANNI He, Luigi, grüß dich! Was machst du denn hier um diese Uhrzeit?

LUIGI Tag, Giovanni! Ich erklär dir später, was passiert ist ... sag erst mal, weißt du, wo meine Frau steckt? Die Wohnungstür steht sperrangelweit offen.

GIOVANNI Deine Frau? Ja, die war hier, vor zehn Minuten. Jetzt ist sie weg mit Antonia.

LUIGI Und wohin? Ist was?

GIOVANNI Ach, reine Frauensache.

LUIGI Was heißt Frauensache?

GIOVANNI Jetzt beruhig dich. Wenn ich sage Frauensachen, meine ich Sachen, die uns nichts angehn! Wir brauchen uns nur um Männersachen zu kümmern.

LUIGI Wieso soll mich das nicht interessieren! Es interessiert mich aber!

GIOVANNI Es interessiert dich trotzdem? Wieso hast du dann kein Bett vorbestellt, ich meine mindestens einen Monat vorher, wie es sich gehört?

LUIGI Ein Bett? Wofür ein Bett?!

GIOVANNI Natürlich, sowas ist Frauensache! Die übliche Ausrede! Wir werfen ihnen die Lohntüte hin, und dann heißt es: »Sieh zu, wie du auskommst!« Wir wollen unsern Geschlechtsverkehr, aber: »Nimm gefälligst die Pille.« Wir machen sie schwanger, aber: »Sieh zu, wie du damit fertig wirst.« Sie müssen die Kinder großziehen, zum Kindergarten bringen ...

LUIGI Was redest du?

GIOVANNI Ich sage nur, daß die Frauen recht haben, daß wir Männer Ignoranten sind! Daß wir auch nur Ausbeuter sind, mit derselben Mentalität wie ein Unternehmer!

LUIGI Aber was hat dies Gerede damit zu tun, daß meine Frau mich mit einer offenen Wohnungstür sitzen läßt, ohne auch nur eine Nachricht zu hinterlassen, und einfach weggeht?

GIOVANNI Wieso soll sie dir eine Nachricht hinterlassen, wenn du eigentlich Nachtschicht haben müßtest? Was willst du überhaupt hier?

LUIGI Der Zug ist festgehalten worden.

GIOVANNI Wer hat den Zug festgehalten?

LUIGI Wir alle, die Arbeiter, weil diese Hurensöhne die Monatskarte um dreißig Prozent erhöht haben.

GIOVANNI Und da habt ihr einfach den Zug blockiert?

LUIGI Natürlich, die Notbremsen gezogen, und dann sind alle ausgestiegen und haben die Gleise blockiert. Die gesamte Strecke haben wir lahmgelegt. Auch den Feurigen Roland und den Intercity nach Paris. Die Zugführer haben vielleicht geschäumt!

GIOVANNI Bravo! Ihr könnt stolz sein! Ein großartiger Erfolg! Entschuldige bitte, aber für mich sind so etwas Kindereien von hirnlosen Hitzköpfen! Das ist Wasser auf die Mühlen der Reaktionäre!

LUIGI Geschenkt, ja ich halt's auch für eine Dummheit! Ich hab auch zu den andern Genossen gesagt: »Es nutzt nichts, wenn wir hier Krach schlagen, um den Fahrpreis herabzusetzen. Wir müssen überhaupt nicht bezahlen für die Fahrkarten!«

GIOVANNI Großartig! Du gehst noch einen Schritt weiter! Bist du übergeschnappt? Überhaupt nicht bezahlen?!

LUIGI Natürlich! Die Fahrt muß der Arbeitgeber bezahlen! Er muß uns sogar noch die Zeit bezahlen, die wir unterwegs sind. Die Fahrt zum Arbeitsplatz ist doch kein Vergnügungsausflug ... die Zeit opfern wir für den Arbeitgeber: Wir stehen zwei Stunden vor Arbeitsbeginn für ihn auf, wir kommen zwei Stunden nach Feierabend für ihn heim, immer für ihn!

GIOVANNI Ist das dein Ernst? Wer hat dir denn diesen Blödsinn eingeredet?! Bestimmt einer von diesen Außerparlamentarischen, das sind doch alles nur Provokateure, die sich bei uns eingeschlichen haben!

LUIGI Red kein Blech: Provokateure? Ist Toni vielleicht ein Provokateur?

GIOVANNI Was für ein Toni? Der an den Pressen?

LUIGI Genau, der. Und Marco oder die drei Calabresen aus meinem Dorf?

GIOVANNI Mit sowas gibst du dich ab? Diese Palästinenser!

LUIGI Falsch? Ich bin von selbst draufgekommen. Das sieht jeder, daß es so nicht weitergeht: Daß wir was anstellen müssen, daß wir nicht weiter warten können, bis die Regierung guten Willen zeigt, bis die Gewerkschaften was anleiern und bis endlich auch die Partei vielleicht dahinterkommt. Wir müssen endlich aufhören, anderen die Verantwortung zu überlassen, selbst wenn wir aufs Klo müssen. Scheiß auf das Vertrauen, das Verantwortungsbewußtsein, das Geduldhabenmüssen, die Verständnisbereitschaft. Jetzt langt's, jetzt müssen wir selber ran ... die Zustände ändern ... Und die Zustände werden sich ändern! Und wie sie sich ändern werden!

GIOVANNI Sag mal, hast du vielleicht auch mit dem Wachtmeister ohne Schnurrbart gesprochen, der exakt so aussieht, wie der Carabiniere mit Schnurrbart?

LUIGI Mit wem?

GIOVANNI Ja, mit diesem maoistischen Polizisten, diesem Provokateur, der sagt, man müßte die Supermärkte bestehlen, der genau dieselben Reden führt wie du!

LUIGI Kenn ich nicht. *Probiert aus einer der geöffneten Dosen.* Nicht schlecht, diese Art Pastete . . . was ist das?

GIOVANNI Kerle, hast du das Zeug aus der Büchse gegessen?

LUIGI Entschuldige, aber ich hab Hunger.

GIOVANNI Ohne Zitrone?

LUIGI Muß man das mit Zitrone essen?

GIOVANNI Ich weiß nicht. Bist du sicher, daß es schmeckt?

LUIGI Ausgezeichnet!

GIOVANNI Darf ich mal kosten? Tatsächlich, ich dachte, es schmeckt schlimmer! Ist fast besser als der Fischköder für den letzten Weihnachtskarpfen! Könntest du diese Dose auch mal öffnen?

LUIGI Gerne. Was ist denn drin?

GIOVANNI Eine Art Pastete für Hunde und Katzen!

LUIGI Pastete für Hunde und Katzen? Spinnst du?

GIOVANNI Nur ein bißchen exzentrisch! Ein Feinschmecker! Kost mal davon. *Er streckt ihm einen Teller Suppe hin.* Probier mal!

LUIGI Auch nicht schlecht! Was ist das?

GIOVANNI Eine Spezialität von mir: Suppe aus Kanarienvogelhirse in einer Brühe aus Kaninchenköpfen!

LUIGI Kanarienvogelhirse in Kaninchenköpfen!

GIOVANNI Eine chinesische Spezialität. Nennt sich: Lin Piao Brei . . . eine Leibspeise der Revisionisten!

LUIGI Der Reis ist aber ein bißchen hart.

GIOVANNI Was redest du . . . das ist beste Kochbeutel-Hirse, immer körnig . . . körnige Hirse und Kaninchenköpfe, in denen noch das Auge steckt . . . damit haben sie in China die Konterkulturrevolution gemacht! Hast du vielleicht die Olive gegessen?

LUIGI Wieso, sollte ich nicht?

GIOVANNI Natürlich nicht! Es war eine Olive von deiner Frau! Jetzt frißt er dem Neugeborenen noch die Oliven weg!

LUIGI Wieso, eine Olive von meiner Frau . . . was für ein Neugeborenes?

GIOVANNI Ja, weißt du, wenn eins geboren wird ... also die Salz- und Essigsoße ... die vor der Geburt abgeht ... aber lassen wir das ... ich erzähl dir's besser der Reihe nach ... Beginnen wir mit dem Papst ... also, das Paulchen ...

LUIGI Hör zu, Giovanni, dir scheint's nicht gut zu gehen ... was redest du?

GIOVANNI Und du? Der Unternehmer, der uns die Monatskarte bezahlen müßte, weil wir für ihn fahren ... der uns auch die Zeit bezahlen müßte, die wir unterwegs sind ... Auf diese Weise müßte er uns auch die Stunden bezahlen, die wir schlafen, weil wir uns für ihn ausruhen, und dann müßte er uns auch Kino und Fernsehen bezahlen, weil wir uns dabei von den ganzen Neurosen erholen, die wir uns am Fließband holen. Und dann müßte er auch unsere Frauen dafür bezahlen, daß sie mit uns ins Bett gehn ... weil dadurch pflanzen wir uns für ihn fort und steigern seinen Profit!

LUIGI Du sagst es! Stimmt es vielleicht nicht, daß unsere Frauen umsonst für die Unternehmerklasse arbeiten? Daß wir an den Frauen unsere ganze Wut auslassen, die wir auf den Unternehmer haben? Diese ganze ... wie sagt man ... ? Entfremdung, die wir im Betrieb in uns reinfressen? Wir schleichen uns heim wie Tiere, die sich in ihrer Höhle verstecken, um sich die Wunden zu lecken ... Um sich gegenseitig die Läuse aus dem Fell zu ziepen und eins dem anderen die Krätze abzupulen: Mann und Frau ... diese ganze Traurigkeit, die Leere, das Elend dieses Lebens in Scheiße, das man uns aufzwingt.

GIOVANNI Jetzt übertreiben wir aber. So mies ist das Leben auch nicht ... Es geht schon besser als früher: Eine Wohnung, so mies sie auch sein mag, hat heute fast jeder ... Viele haben sogar ein Auto ... alle einen Kühlschrank! Fernseher ...

LUIGI Was hab ich von einem Eisschrank, vom Auto, vom Fernsehen ... verdammt nochmal, wenn ich das Leben satt hab, das ich dabei zubringen muß: Eine Arbeit, die was für dressierte Affen ist: Eine Schweißnaht, ein Schlag, eine Bohrung, ein Schlag, ab das Ding, ein neues Werkstück: eine Schweißnaht ... *Auch Giovanni vollführt jetzt die Handbewegungen, mit denen Luigi seine Worte begleitet.* ein Schlag ... eine Bohrung ... ein Schlag ... schaff schneller, Akkord ... eine Schweißnaht ...

GIOVANNI . . . ein Schlag . . . eine Bohrung . . . ein Schlag . . . ab das Ding . . . ein neues Werkstück . . . eine Schweißnaht . . . Himmelherrgott, zu was verleitest du mich? Du machst einen ja verrückt!

LUIGI Nicht ich mach dich verrückt, der Unternehmer! Derselbe Unternehmertyp, der dich überall verfolgt: Im Kino mit total verdrehten Bumsszenen und Weiberärschen, wo du hinschaust . . . mit Frauen, die aussehen wie Tiger, die aus allen Nähten platzen . . . Weiber, die so reden und die Zunge zeigen, als wollten sie ein Eis schlotzen, und dabei wollen sie einem sonstwas lecken . . . und das nennt sich dann Kultur des Eros!

GIOVANNI Da muß ich dir recht geben, was das Kino betrifft! Und wenn du da rauskommst und willst dich etwas entspannen, mußt du an den Reklamewänden vorbei: Schon wieder Ärsche und Reklame für Büstenhalter, Ärsche und Brüste, die für Kugelschreiber Reklame machen oder für Zahnpasta und Schmelzkäse . . . Neben dir geht deine Frau . . . du schielst rüber: Die Haare nicht mit Eishampoo gewaschen, »Die duftende Allwetterfrisur!«, keine lackierten Fingernägel, »Wie das strahlt!«, kein gescheites Parfum, »Der Duft, der eine schöne Frau begleitet!«. Sie trägt kein durchsichtiges Kleid mit Schmetterlingsflügeln! Die Brüste sind eben nur: rund . . . und hüpfen nicht einmal. Der Hintern ist nur ein Hintern . . . nicht etwa ein Arsch wie die im Kino, nichts zum Dranfassen! Die Beine sind leicht geschwollen, die Hände rissig, du schaust sie dir an, und langsam kriegst du Lust, sie in den nächsten Kanal zu stoßen!

LUIGI Weißt du, was mir passiert, wenn ich im Bett liege und drübersteige? Ich schlafe nicht etwa mit meiner Frau, obwohl ich mit meiner Frau schlafe, sondern mit dem strahlendweißen Lächeln von der rosa Zahnpasta . . . mit der kühlen blonden, prickelnden Blume auf meinem Bier und der Fleischkonserve ohne Fett und Wasser.

GIOVANNI Es ist zum Kotzen.

LUIGI Aber nur, weil der Unternehmer dafür gesorgt hat, daß du so wirst: Die Luft haben sie dir verpestet, die Flüsse verdrekken sie dir, die Seen und das Meer verwandeln sie in eine Kloake. Selbst die Liebe verschandeln sie dir in einen Samengulli, die Beziehungen zwischen den Menschen, das

Zeug, das du zu fressen kaufst.

GIOVANNI Nicht alles. Dieser Hirsebrei ist nicht übel.

LUIGI Es geht doch alles den Bach runter: Schau nur mal: eine Fabrik nach der anderen wird zugemacht. Kündigungen, Arbeitslosigkeit. Selbst die Bank, wo der Papst sein Geld hatte, hat Pleite gemacht.

GIOVANNI Geschieht ihm recht, diesem Bürgerschreck in der weißen Kutte, der die Frauen damit nervt, daß man schwanger werden müßte.

LUIGI Was ist das für eine Geschichte mit dem Papst, der schwanger sein möchte?

GIOVANNI Nein, nicht er ... obwohl er vielleicht selber ganz gern mal schwanger wäre ... Ich meine deine Frau!

LUIGI Was hat meine Frau mit dem Papst zu tun?

GIOVANNI Tu nicht so, als wüßtest du nichts.

LUIGI Ich weiß von nichts! Was ist das für eine Papstgeschichte?

GIOVANNI Siehst du, wenn du weniger mit der rosaroten Zahnpasta und dem Büchsenfleisch ins Bett gingest, sondern mehr darauf achtgeben würdest, was deine Frau nachts träumt, wenn das Paulchen kommt und sagt: »Brüder in Christo - ... ich komme, um euch zu sagen, daß die Antibabypille eine große Sünde ist, wenn ihr sie nehmt ... Nehmt nicht die Pille in Christo!«

LUIGI Das stimmt! Meine Frau nimmt keine Pille.

GIOVANNI Das weißt du? Woher?

LUIGI Woher schon! Sie braucht sie nicht, weil sie keine Kinder kriegen kann wegen einer Mißbildung oder was weiß ich.

GIOVANNI Du hast eine Mißbildung! Aber im Kopf! Deine Frau ist kerngesund und kann durchaus ein Kind kriegen ... sie kriegt sogar eins.

LUIGI Meine Frau kriegt ein Kind? Seit wann?

GIOVANNI Seit heute! Inzwischen ist es vielleicht schon geboren: Frühgeburt im fünften Monat!

LUIGI Red kein Kohl, fünfter Monat! Wenn sie nicht einmal einen Bauch hatte!

GIOVANNI Das war nur, weil sie sich bandagiert hatte. Aber dann hat Antonia ihr die Binden abgenommen und flutsch! Ein Bauch, wie im neunten Monat ... womöglich sogar im elften!

LUIGI Sag mal, willst du mich veräppeln?

GIOVANNI Nicht im Traum! Wenn du's genau wissen willst, meine Frau ist gerade weg mit ihr im Krankenwagen und begleitet sie in die Klinik ... um ein Haar wäre sie hier niedergekommen.

LUIGI Hier niedergekommen?

GIOVANNI Sie verlor schon das Fruchtwasser ... hier, ich hab's aufgenommen.

LUIGI Du hast das Fruchtwasser aufgewischt?

GIOVANNI Nicht gerade Fruchtwasser, es war mehr eine Salz- oder Essigsoße ... mit ein paar Oliven drin, von denen du eine gegessen hast.

LUIGI Jetzt hör auf mit dem Blödsinn! Wo ist meine Frau?

GIOVANNI Sag ich doch: In der Klinik.

LUIGI Welche Klinik?

GIOVANNI Was weiß ich? Wenn du sie angemeldet hättest, wüßten wir es jetzt. Aber so ... vielleicht fahren sie überall herum ... und das Kind kommt im Wagen zur Welt, das Ärmste mit den ganzen Oliven.

LUIGI Hör auf, den Blöden zu spielen. Du mit deiner Art, immer witzig zu sein und selbst in den ernstesten Dingen zu blödeln ... Sag mir, wo sie ist, oder ich knall dir eine.

GIOVANNI Schon gut, schon gut ... ich sag dir doch, ich weiß nicht. Vielleicht sind sie ins Dingsbums da, wie heißt das gleich ... ins gynäkologische Zentrum!

LUIGI Ins gynäkologische Zentrum?

GIOVANNI Ja, wo sie die Verpflanzungen der Frühgeburten vornehmen, von einem Bauch in den andern.

LUIGI Sie verpflanzen die Kinder?

GIOVANNI Ja, wirklich! Wo lebst du überhaupt? Du scheinst nichts zu wissen von Frühgeburten. Also paß auf, ich erklär dir's: Das wird so gemacht. Sie haben eine Maschine mit einem Zelt voll Sauerstoff. Man nimmt die Frau, die eine Frühgeburt im vierten Monat hat, dann nimmt man eine Frau, die die zweite Mutter ist ... macht den Kaiserschnitt, stopft das Kind in den Bauch, näht den Mutterkuchen und alles mit ein ... und nach fünf Monaten: *Pause.* Ein Fisch!

LUIGI Verschon mich mit deiner Verpflanzungsmaschine mit Kaiserschnitt ... ich will wissen, wo dieses gottverdammte gynäkologische Zentrum ist ... Hast du ein Telefonbuch?

GIOVANNI Nein, wozu, wenn ich kein Telefon hab? Soll ich darin lesen?

LUIGI Dann gehn wir runter in die Bar . . . die haben Telefon.

GIOVANNI Sehr gut, wir rufen direkt in der Gynäkologie an. Jetzt erinnere ich mich, es ist in Niguarda!

LUIGI In Niguarda? Niguarda ist aber am anderen Ende der Stadt!

GIOVANNI Ja, das sind mindestens 20 Kilometer von hier!

LUIGI Wieso sind sie denn soweit weg gefahren?

GIOVANNI Ich sag's dir doch . . . ist der schwer von Begriff! Weil dort die Verpflanzungen vorgenommen werden! Sie nehmen eine zweite Frau, irgendeine X-beliebige, die eben greifbar ist. Um Himmelswillen! Meine Frau! Antonia steht direkt daneben! Die ist so blöd und läßt sich das Baby einpflanzen. Die kommt mir nach Haus und ist schwanger! Beweg dich, mach schnell!

*Sie laufen eilig hinaus.*

## Zweiter Akt

*Die Frauen kehren zurück. Die jüngere, Margherita, hat noch immer den dicken Bauch und greint.*

ANTONIA Rasch, rasch, Margherita, komm rein. *Sie ruft.* Giovanni, Giovanni! Nicht da, meinst du, daß er schon zur Arbeit ist? Wie spät haben wir? *Sie schaut auf den Wecker auf der Kredenz.* Halb sechs, mein Gott, wir sind mehr als vier Stunden weggewesen mit allem Drum und Dran. *Sie schaut ins Nebenzimmer.* Tatsächlich, er ist weg. Hat nicht einmal das Bett benutzt, der Ärmste.

MARGHERITA Es ist alles unsere Schuld! Warum hab ich nur auf dich gehört! Da siehst du, was wir angerichtet haben!

ANTONIA Hör endlich auf zu jammern! Ist doch alles glatt gegangen. Die Krankenpfleger sind höflich und zuvorkommend gewesen. Wir brauchten nur zu sagen: »Hört mal, das Mädchen ist gar nicht schwanger . . . sie ist nur voller geklauter Sachen«. Gleich haben sie uns geholfen und sogar noch gelobt: »Hahaha, ihr seid gut! Recht habt ihr getan! Diese Supermarktfirmen sind alles Ganoven!« Und du hattest solche Angst . . . »Wer weiß, ob man den Krankenpflegern trauen kann?« *Sie schaut in den Eisschrank.* He! Wer hat die ganze Butter verbraucht? Nein, da ist sie ja; jetzt kriegst du erst mal ein Süppchen. Ach so, ja, der Reis. Gib mal ein Paket Reis. *Margherita zieht unter ihrem Mantel ein Paket Reis hervor. Antonia geht zum Kocher und sieht den Kochtopf.* Was ist das? Hirse? Dieser Spinner hat sich tatsächlich Hirsebrei mit Kaninchenköpfen gemacht. Also weißt du. Dem kannst du den größten Blödsinn erzählen, der glaubt alles. Wenn ich koche, hat er dauernd was zu meckern. Von jetzt ab weiß ich, was ich ihm koche: täglich Kaninchenköpfe mit verschiedenen Soßen und dazu Hirse!

MARGHERITA Für mich brauchst du nichts zu kochen. Ich hab kein Hunger . . . mir hat sich der ganze Magen zugezogen . . .

ANTONIA Wir kriegen ihn schon wieder auf, deinen Magen! Du läßt dich viel zu leicht in die Mangel nehmen. Weißt du, was dein Fehler ist? Du hast kein Vertrauen zu den Menschen. Du mußt dich dazu zwingen, zu begreifen, daß die Menschen gut sind! Natürlich nicht alle. Ich meine, Leute wie wir ... die sich abrackern müssen und immer die Betrogenen sind! So Menschen sind immer auf unserer Seite, wenn du ihnen zeigst, daß du bereit bist, den Bossen eins auszuwischen und daß du dich einsetzt ... entschieden ... und nicht wartest, bis der Engel des Herrn auf den Flügeln der heiligen Vorsehung herabschwebt! Ich weiß noch, wie ich hier in der Fabrik arbeitete, wo sie die Salzstangen herstellen. Die reine Henkersarbeit: Eine Hitze und feucht ... aber wir konnten davon leben. Eines Tages beschließt die Betriebsleitung zuzumachen. Die Fabrik sei nicht mehr rentabel. In Wirklichkeit wollten sie uns nur rauswerfen, um den Betrieb umzustrukturieren, wie es so schön heißt. Wir haben daraufhin die Fabrik besetzt: Dreihundert Beschäftigte, alle auf unserer Seite. Die Gewerkschaften waren dagegen: »Ihr seid verrückt geworden!«, kamen sie an. »Das könnt ihr nicht machen! Ihr geht ein wie die Primeln! Wo wollt ihr das Geld hernehmen, um Mehl zu kaufen? Und dann: Wer kauft euch das Zeug ab? Wenn ihr den Markt nicht in der Hand habt, seid ihr verloren!« Wir haben es trotzdem versucht. Es gab welche, die haben sogar ihre zwei Zimmer verkauft, die sie sich unter vielen Opfern und Hypotheken aufgebaut hatten. Ich hab unsere Sachen aufs Pfandhaus gebracht ... genau wie die anderen Frauen: Sogar die Bettlaken und Matratzen. Damit haben wir das erste Mehl gekauft. Die Salzstangen haben wir selber verkauft, höchstpersönlich in den Geschäften. Sogar vor den Fabriken. Auf diese Weise haben die Arbeiter von unserer Sache erfahren und empfingen uns schon mit offenen Armen, wenn wir kamen. Sie kauften uns unser Zeug ab, auch wenn sie gar nichts brauchten, einfach aus Solidarität! Und weißt du, was sie schließlich für uns getan haben? Um uns zu unterstützen, haben sie eine Geldsammlung organisiert, an der sich die Arbeiter sämtlicher Fabriken aus Mailand und Umgebung beteiligt haben. 80 Millionen Lire haben sie gesammelt. Verstehst du: Achtzig Millionen! Das ist eine Summe, die einer nicht glauben würde, wenn er sie nicht selber gesehen hätte! Als dann diese Arbeiter ankamen, um uns das Geld zu überbringen, das werd' ich mein Lebtag nicht vergessen. Wir Frauen waren gerade dabei, den Teig anzurühren, wir haben regelrecht zu heulen angefangen, solche Tränen haben wir geweint, immer ins Mehl hinein, Salzstangen aus Mehl und Tränen. Wir haben eine Menge Salz gespart.

*Margherita folgt dem Bericht mit sichtlicher Bewegung.* Was weinst du denn jetzt?

MARGHERITA Ich bin eben gerührt, nicht?

ANTONIA Statt vor Rührung zu zerfließen, denk lieber darüber nach, was ich dir erzählt hab . . . das ist keine Geschichte zum Herzerwärmen, und damit hat sich's. Was wollen wir jetzt machen?

MARGHERITA Ich will endlich die Pakete und Tüten loswerden . . . Oder denkst du, ich will das Zeug mein Leben lang unterm Mantel haben?

ANTONIA Ja, aber nicht hier: Wir bringen sie in unsern Schuppen in den Garten hinter der Eisenbahn. Da bringen wir alles hin, auch die Sachen unterm Bett. Ich mach mir auch einen schönen dicken Bauch. Komm, hilf mir. Mit zwei oder dreimal Gehen ist alles weg.

*Sie entnimmt einer Schublade zwei Kopfkissenbezüge, Bänder und Sicherheitsnadeln und macht zwei Säcke, die sie sich um den Hals hängt.*

MARGHERITA Was ist das für ein Schuppen?

ANTONIA Gleich hinter der Eisenbahn. Nur über die Straße. Mein Schwiegervater hat da ein Gärtchen . . . höchstens zehn Meter im Quadrat . . . grad für ein paar Köpfe Salat. Das ist ein sicheres Versteck.

MARGHERITA Nein danke, mir langt's. Ich mach nicht mehr mit. Ich hab die Nase voll von deinen verrückten Ideen. Entschuldige, aber ich leg alles hier hin: Ich will auch keine Nudeln und nichts.

ANTONIA Na gut, wie du willst . . . du bist blöd!

MARGHERITA So, bin ich blöd? Wenn du so intelligent und schlau bist . . . ich will nur mal wissen, was ich deinem Mann erzählen soll, wenn ich keinen Bauch mehr habe . . . und kein Kind.

ANTONIA Das ist längst geklärt: Wir sagen ihm, du hättest eine eingebildete Schwangerschaft gehabt!

MARGHERITA Eingebildet?

ANTONIA Ja, das gibt's oft, daß eine Frau sich einbildet, schwanger zu sein ... der Bauch wächst und wächst, und wenn sie niederkommt, kommt nur Luft raus.

MARHGERITA Komm! Nur Luft? Und wo soll ich die eingebildete Schwangerschaft herhaben?

ANTONIA Wegen dem Papst! Jede Nacht ist er dir im Traum erschienen und hat gesagt: »Mach ein Kind, mach ein Kind!« Du hast auf ihn gehört: Du hast ein Kind gekriegt ... aus Luft. Die Seele eines Kindes!

MARGHERITA Großartig, du machst dich auch noch über den Papst lustig!

ANTONIA Einmal ist keinmal. Wenn man bedenkt, wie oft er uns an der Nase herumführt!
*Während des Gesprächs hat die junge Frau sich ihres Bauches entledigt, während Antonia sich einen Bauch gemacht hat, den sie mit ihrem Mantel bedeckt.* Das hätten wir. Hör zu: Gib auf den Topf acht, auf dem Feuer, in zehn Minuten bin ich zurück!

MARGHERITA Warum nimmst du nicht ein paar Plastiktüten und bringst alles auf einmal rüber, anstatt diese Komödie mit der schwangeren Frau zu spielen, die immer hin und her läuft?

ANTONIA Weil ich nicht so blöd bin wie du! Dich würden sie sofort kriegen! Schau einmal auf die Straße .. . komm her, siehst du das da? Das ist ein Polizeiauto! Was glaubst du, was die machen, um diese Uhrzeit? Die warten nur auf die Vögel von heute morgen, die überall mit ihren Tüten rumlaufen, um sie zu verstecken. Zack: Schon haben sie dich! *Sie geht zum Kocher.* Ach, wenn das Gas ausgeht, paß ein bißchen auf, hier ist Giovannis Schweißgerät. Schau, so geht das ... man zündet's an ...

MARGHERITA Das wird ja gar nicht glühend?

ANTONIA Nein, es ist nicht aus Eisen ... ist irgendeine Spezialsache, die sich Antimon nennt. Das wird zweitausend Grad heiß und wird nie rot ... es ist extra zum Gasanzünden!

MARGHERITA *schaut zum Fenster hinaus* Jetzt schau nur, die Maria aus dem dritten Stock ist auch schwanger ... da drüben geht sie.

ANTONIA Die stehlen uns unsere Idee, wirst sehen, bald laufen auch die Hunde hochschwanger herum, und alle Männer haben einen Buckel auf dem Rücken.

MARGHERITA Ich hab mir's überlegt, ich komm doch mit. *Sie stopft sich die Tüten wieder unter den Mantel.*

ANTONIA Siehst du's endlich ein? Ich hol den Schlüssel zum Schuppen. Wußt ich's doch, ich hab's dir ja gesagt: Ich hab Vertrauen in die Menschen. Auch wenn sie sich vor Angst in die Hosen machen, kommt der Augenblick der Vernunft. *Zärtlich.* Komm, Blödfrau! *Sie streichelt zärtlich ihren Bauch.* Weißt du was? Ich werd richtig sentimental. Wenn ich diesen Bauch fühl, erinnere ich mich an meinen Sohn.

MARGHERITA Du hast ein Kind?

ANTONIA Naja, inzwischen ist er schon 19 Jahre alt . . . aber für mich ist er immer noch mein Kind, auch wenn er inzwischen fast ein Mann ist. Er geht seiner eigenen Wege. Ich seh ihn fast nie.

MARGHERITA Und wo lebt er?

ANTONIA Er lebt auf dem Land, mit einer Frau . . . sie ist auch von zuhause weg.

MARGHERITA Genau wie ich. Ich hab's auch nicht mehr ausgehalten daheim.

ANTONIA So ist das heute mit den Jungen . . . sie gehn einfach fort . . . sobald sie etwas verdienen . . . reißt die Verbindung ab.

MARGHERITA Man kann sie verstehen: Ich persönlich hab's daheim einfach nicht mehr ausgehalten. War das überhaupt ein Daheim? Entweder man sah sich fast nie oder man sprach kaum miteinander.

ANTONIA Genau! Es sei denn, um sich gegenseitig zu beschimpfen. Da entlädt einer seinen Zorn auf den anderen. Wie Tiere, die in Gefangenschaft leben und alles entbehren: Freiheit, Zuneigung, Phantasie . . . Geschlagene und Geprellte! Beim kleinsten Anlaß fallen sie wie wildgewordene Bestien übereinander her, ohne zu schauen, wer eigentlich den Anlaß gab; daß eigentlich der Wächter derjenige ist, der sie gegeneinander aufhetzt. Genauso war es bei uns daheim. Wir konnten noch so sehr einer Meinung sein. Jeder Vorwand war uns recht, uns zu streiten und gegenseitig zu beschimpfen, um sich für die ganzen Schandtaten zu revanchieren, die man von anderen kriegt! Und deshalb ist auch mein Sohn fortgegangen, er hielt's nicht mehr aus, fast hätten wir uns gehaßt. Weggehen erschien ihm wie eine Befreiung. Aber jetzt wird er selber bald Kinder haben . . . und die ganze Bitterkeit beginnt von neuem. Immer gehen die Kinder weg und sind davon überzeugt, das Gehege zu verlassen, und stattdessen bleiben sie immer in Gefangenschaft. Es hat alles keinen Zweck, wenn wir nicht endlich die Gefängnismauern einreißen und stattdessen die Gefängniswärter einsperren. Hab ich eine Lust abzuhauen. Komm, heut ist wirklich eine Art Muttertag, der Tag der Mütter!

*Beide ab. Dunkelheit. Szenenwechsel. Ein laufender Vorhang senkt sich herab. Luigi und Giovanni treten auf und gehen auf der Stelle, so daß es so aussieht, als gingen sie eine Straße entlang. Luigi holt eine Mütze aus der Tasche und zieht sie sich ins Gesicht. Giovanni macht es ihm nach.*

LUIGI Jetzt beginnt's auch noch zu regnen. Apropos: Regen. Warum sagt man eigentlich immer: »Der Regen fällt, die Regierung zählt's Geld!?«

GIOVANNI Vielleicht weil die Minister nur bei schönem Wetter vor die Tür gehen, um den Leuten das Geld aus der Tasche zu ziehen.

LUIGI Kerle, Kerle, daß du noch Witze machen kannst!

GIOVANNI Ich nicht, aber meine Füße. Sie bersten schon vor Lachen! Ich hab bald größere Füße als Schuhe: Rin in die eine Straßenbahn, raus aus der anderen . . . laufen, damit wir den Anschlußbus nicht verpassen . . . und dann der Tumult wegen der Leute, die alle ihren Fahrschein nicht bezahlen wollten, weil die Tarife erhöht worden sind . . . das Getrete und Geschiebe. Du mit deiner blendenden Idee, sämtliche Krankenhäuser abzuklappern. Wo sie uns schon am Telefon gesagt haben, daß deine Frau nirgends eingeliefert worden wäre, warum mußten wir dann noch diesen Trimmdichblödsinn machen?

LUIGI Weißt du, ob man sich auf eine telefonische Auskunft verlassen kann, bei dem bürokratischen Anarchismus heutzutage?

GIOVANNI Egal, ich habe jedenfalls keine Lust mehr. Ich geh jetzt zum Bahnhof, nehm den nächsten Zug und fahr an die Arbeit . . . die ziehen mir sowieso schon eine Stunde ab. *Er dreht sich abrupt um und schaut hinunter ins Parkett.* Schau mal! Da! Was ist da denn passiert? Da hat es geballert!

LUIGI *nähert sich Giovanni und schaut in die gleiche Richtung* Das ist ein Lastwagen, nein zwei ... sind zusammengestoßen!

GIOVANNI Logisch, bei dem Regen ... eine unvorsichtige Bremsung auf der glatten Straße ... und rattatabumtibum!

*Der Polizeiwachtmeister, den wir bereits kennen, tritt auf.*

WACHTMEISTER Zurück! Zurück! Gehen Sie aus dem Wege! Vielleicht haben die Fahrzeuge Explosivstoffe geladen! Die Dinger können jeden Augenblick explodieren!

GIOVANNI Grüß Gott, Herr Wachtmeister ... wir treffen uns immer unter besonderen Umständen, was?

WACHTMEISTER Versteht sich! Ach, Sie sind's! Grüß Sie! Da sehn Sie, was wir für ein Leben haben. *Ruft nach hinten in den Zuschauerraum.* He, ihr dahinten, auf der Böschung! So ein Schwachsinn! Zurück! Ja, ihr da! *Nach links hinten.* Da lang! Weitergehen, haut ab! Geht arbeiten! Habt ihr nicht genug mit den Unfällen, die ihr in der Fabrik habt?! Müßt ihr herkommen und noch mehr Unfälle erleben?!

LUIGI Sag mal, kennst du den wirklich?

GIOVANNI Ah, das ist ein dicker Freund von mir ... Maoist, aber ein ganz wilder! ... Ich halte ihn für einen Subversiven.

LUIGI Einer, der sich in die Polizei eingeschlichen hat?

GIOVANNI Natürlich. He, Wachtmeister ... schauen Sie mal, was auf dem Lastwagen steht: Ätznatron. Das ist kein Zeugs, was explodiert.

WACHTMEISTER Das weiß ich. Aber Ätznatron steht nur außen drauf; erstmal sehen, was drin ist.

GIOVANNI Immer mißtrauisch, was, Wachtmeister? Das sind zwei internationale Transporter, hier sehen Sie: TIR! Auslandstransport! Was meinen Sie, was die kontrolliert werden. Die schreiben nichts Falsches draußen drauf. Das gibt keine Explosion.

WACHTMEISTER Ja, ja, die Lastwagen vielleicht nicht, aber dafür geh ich bald in die Luft. Ich bin seit heute früh auf den Beinen.

GIOVANNI Das macht uns gar nichts. Wir sind immer bereit: Antreten, abtreten, im Laufschritt marsch, legt an, Feuer frei, zu Befehl!

WACHTMEISTER Bravo! Sie sind reif für die Polizei! Warum übernehmen Sie meinen Posten nicht?

GIOVANNI Ich an Ihrer Stelle, würde erstmal die Säcke in Sicherheit bringen, die da die Böschung runtergerollt sind. Wenn da wirklich Ätznatron drin ist, bei dem Regen, fängt das Zeug demnächst zu kochen an, das gibt einen riesigen rauchenden Eierpfannkuchen, da können Sie Gift drauf nehmen! Sie wissen doch, ätzend, das bedeutet, daß das Zeug brennt.

WACHTMEISTER Sie haben recht, also los, packen Sie mit an ... ich hab was übrig für Leute mit Köpfchen und Initiative. Packt an!

GIOVANNI Ich könnt mich in Hintern beißen, daß ich immer so gute Ideen hab!

LUIGI Du sagst es. Dein Fehler ist, daß du zu viele Ideen hast: Geistigen Dünnschiß!

WACHTMEISTER *ruft ins Parkett* Los, ihr dahinten: Mit anpacken! Die Ladung muß gerettet werden! Tut's wenigstens für eure Kollegen, die Lastwagenfahrer ... Man muß solidarisch sein, gerade im Unglück!

*Zwei oder drei Schauspieler kommen auf die Bühne und bilden mit Luigi und Giovanni eine imaginäre Kette, über die nicht sichtbare Säcke die Böschung herauf gereicht werden.*

GIOVANNI Da sehen Sie's ... und sie sind immer so pessimistisch: Alle kommen uns helfen. Dabei kommen sie zu spät zur Arbeit und haben noch eine Stunde Lohnausfall.

WACHTMEISTER Das habe ich nie gesagt, daß die Menschen nicht hilfsbereit seien.

GIOVANNI Nein, Sie haben bloß gesagt, daß man sich durchboxen müsse, und daß man keinem vertrauen dürfe, weil die Welt voller Gauner wäre. Sie erinnern mich wirklich an einen Chef, den ich seinerzeit hatte: Ein alter, mißtrauischer Hund, der einen Hund hatte, der mindestens so alt und mißtrauisch war wie er selbst. Halb taub, aber ein gefährlicher Wachhund. Und da er zu niemand Vertrauen hatte außer seinem Hund, ließ er ihm ein Hörgerät einsetzen.

WACHTMEISTER Ein Hörgerät für einen Hund?

GIOVANNI Ja, mit Batteriebetrieb. Die Batterie wurde an der Innenseite der Hinterbeine befestigt. Nur jedesmal, wenn der Köter das Bein hob, um zu pinkeln, pißte er sich auf die Batterie: Kurzschluß, und der Hörapparat begann zu knacken, daß er fast in Ohnmacht fiel.

WACHTMEISTER Ich werde versuchen, nie das Bein zu heben! Aber sag mal, wißt ihr zufällig was Näheres über die beiden

Lastwagenfahrer?

LUIGI Wahrhaftig! Die werden doch nicht im Führerhaus eingeklemmt sein?

WACHTMEISTER Die sind nicht eingeklemmt. Sie konnten sich retten.

GIOVANNI Gott sei Dank!

WACHTMEISTER Die sind abgehaun wie die Hasen!

GIOVANNI Wieso abgehaun?

WACHTMEISTER Weil die Säcke, die wir mit soviel Liebe und Entgegenkommen vor der Vernichtung bewahren, gar kein Ätznatron enthalten, sondern Zucker!

GIOVANNI Zucker? Da ist Zucker drin?

LUIGI *öffnet einen der Papiersäcke und kostet* Wahrhaftig. Zucker!

WACHTMEISTER In dem da ist Zucker, in den anderen Roggenmehl und die dahinten enthalten Reis: Brühreis und Kochreis!

GIOVANNI Die Drecksäcke! Und wo wollten sie damit hin?

WACHTMEISTER Der eine Transport ging in die Schweiz und der andere nach Westdeutschland! Sie sagten doch, die laden nie etwas anderes, als draußen draufsteht, die sind in Ordnung: »Bei den vielen Kontrollen, die sie passieren müssen!«

GIOVANNI Werden die nicht kontrolliert, Wachtmeister?

WACHTMEISTER Einmal, bei der Abreise. Und dann nie wieder. Die Wagen werden plombiert und ab das Ding!

LUIGI Vorausgesetzt, daß sie unterwegs keinen Unfall haben!

GIOVANNI Es gibt eben immer einen Gott, der sich auch um die Gauner kümmert, aber da sieht man, was für Hurensöhne diese Industriellen sind. Aus den Lebensmittelläden lassen sie die Ware verschwinden ... »die Lebensmittel sind knapp zur Zeit!«, und hier sehen wir, wo das Zeug bleibt. Nicht genug, daß sie das Geld ins Ausland bringen, das sie mit unserer Arbeit verdienen, statt es bei uns zu investieren, damit wir mehr Arbeitsplätze kriegen ... jetzt schaffen sie auch noch die Lebensmittel ins Ausland, die wir produzieren, damit sie sagen können, die Waren wären knapp, und deshalb müßten die Preise erhöht werden! Diese Banditen, Anarchisten, Terroristen!

WACHTMEISTER Recht so! Regen Sie sich tüchtig auf. Die Erregung ist die schrecklichste Waffe der Armleuchter!

GIOVANNI Oh, vielen Dank! Ich bin ein Armleuchter! *Zu Luigi.*

Und sowas nennt sich nun ein Freund! Sie müssen immer spotten!

WACHTMEISTER Ich spotte nicht, ich beschlagnahme! Ich beschlagnahme und stelle sicher! Dank Eurer Hilfe rette ich die Ware vor der Vernichtung. Danach schreiben wir einen schönen Bericht ... erstatten Anzeige! Schon heute abend wird das Fernsehen die Meldung von einer glänzenden Aktion der Polizei bringen! Auf diese Weise und dank der Meldung im Fernsehen, erfahren die verantwortlichen Industriellen noch heute von unserer Entdeckung und können sich rechtzeitig ins Ausland absetzen. Das Gericht verurteilt sie in Abwesenheit zu vier Monaten Freiheitsstrafe auf Bewährung, der Staatspräsident begnadigt sie so schnell wie möglich, wie jetzt den Industriellen aus Brescia, und alles ist wieder im Lot!

GIOVANNI So. Und die Ware?

WACHTMEISTER Die Ware wird ihren rechtmäßigen Eigentümern zurückerstattet, gegen Zahlung einer kräftigen Geldstrafe, aber dagegen werden die Industriellen solange Widerspruch einlegen, bis sie den Beitrag nur zu hinterlegen brauchen, damit er ihnen später ebenfalls zurückerstattet werden kann.

GIOVANNI Das glaub ich nicht. Das wäre eine riesenhafte Sauerei!

WACHTMEISTER Natürlich, ich glaub es auch nicht.

GIOVANNI Sehen Sie?!

WACHTMEISTER So etwas zu glauben, verbietet mir meine Uniform und der Dienstgrad, den ich bekleide! Bei Ihnen ist es etwas anderes. Sie glauben es nicht, weil Sie ... wie soll ich mich ausdrücken?

GIOVANNI Weil ich ein Trottel bin ... Ich hab verstanden!

WACHTMEISTER Wenn Sie darauf bestehen! *Er geht einige Schritte nach rechts.* Was machen die denn da? Himmelherrgott! Die stauben uns die Säcke ab! Die haben gemerkt, daß Zucker und Mehl drin ist!

GIOVANNI Unternehmen Sie doch was! Sie können doch nicht einfach zuschauen ... sonst fangen die anderen auch noch an, zu klauen .... und im Nu sind die Lastwagen leer!

LUIGI Was geht dich das an? Willst du jetzt auch noch den Polizeispitzel spielen? Du bist wirklich ein Arschloch!

GIOVANNI Fängst du jetzt auch noch an?

WACHTMEISTER Da sehen Sie's, wie die Ideen sich ausbreiten! Was wollen wir uns aufregen, wegen ein paar Sack Ätznatron?!

GIOVANNI Wieso Ätznatron? Sie wissen genau . . .

WACHTMEISTER Ich weiß gar nichts! Ich halte mich an das, was draußen dransteht: Ätznatron! Ich bin nicht beauftragt, das zu überprüfen. Was das betrifft, ist mein direkter, verantwortlicher Vorgesetzter zuständig, der in ein paar Stunden kommen wird. Das ist Dienstvorschrift. Und ich halte mich daran! Außerdem schreibt die Dienstvorschrift vor, daß die erste Pflicht des örtlichen Einsatzleiters ausschließlich darin besteht, sich unverzüglich an den Unfallort zu begeben und dafür Sorge zu tragen, daß der Straßenverkehr an der Unfallstelle reibungslos verläuft. Andere, wie auch immer geartete zufällige Aufgaben darf ich nicht übernehmen . . . Macht's gut, ich überlasse euch hiermit die anderen wie auch immer gearteten zufälligen Aufgaben und widme mich meiner ausschließlichen Pflicht, für einen reibungslosen Straßenverkehr an der Unfallstelle zu sorgen!

GIOVANNI Da geht er hin! Bei dem stimmt wirklich nicht alles.

LUIGI Bei uns stimmt nicht alles! Wie kommen wir dazu, für ein paar Schmuggel treibende Unternehmer die Säcke zu tragen?! Weißt du was? Ich hätte nicht übel Lust, auch ein paar von diesen Säcken mit nach Hause zu nehmen.

GIOVANNI Bist du verrückt? Du willst doch nicht mit diesen Halbidioten und Faulenzern gemeinsame Sache machen . . . ich sage dir, das sind keine Arbeiter, das ist Pöbel: streikendes Gesindel!

LUIGI Streikendes Gesindel? Hugh! Der Held der Arbeit hat gesprochen! Die Leute dort streiken also! Und du? Streikst du nie?

GIOVANNI Natürlich, ich streike auch, wenn nötig, aber ich bereichere mich nicht an anderleuts Sachen!

LUIGI Wieso anderleuts Sachen? Wer produziert die Sachen da auf den Lastwagen? Wer hat sie gesät? Wer hat die Maschinen hergestellt, um die Felder zu bestellen? Wer hat die Ernte weiterverarbeitet? Sind das nicht wir? Immer nur wir? Und die anderen, die Unternehmer, die sogenannten, sind das nicht diejenigen, die uns immer nur das Produkt unserer

Arbeit stehlen?

GIOVANNI Da haben wir's! Weil wir in einem Land aus lauter Gaunern leben, klauen wir jetzt auch, allé hopp! Derjenige ist der Größte, der am meisten klaut! Wer nicht klaut, ist ein Trottel! Weißt du, was ich dir sage? Daß ich stolz bin, ein Trottel zu sein, in einer Welt, die aus Gaunern und Dieben besteht!

LUIGI Ich weiß: Dummheit und Stolz wachsen auf einem Holz!

GIOVANNI Damit meinst du wohl dich? Du redst wie ein Lumpenproletarier, der keinen anderen Weg hat, als sich auf eigene Faust durchzuschlagen. Jeder für sich und alle gegen alle!

Hör zu, mein kleiner Lumpenrevoluzzer: Das ist genau die Art von Radaumache und Chaos, die den Unternehmern gefällt, weil sie damit die »unerläßliche Notwendigkeit« schaffen, mit Hilfe der Generäle für Sicherheit und Ordnung zu sorgen!

LUIGI Falsch! Die Generäle und der Faschismus können sich nur breitmachen, wenn wir Arbeiter feige sind. Wenn wir kämpfen und uns nehmen, was uns zusteht, haben sie keine Chance.

GIOVANNI Dafür haben wir die Gewerkschaften und den gewerkschaftlichen Kampf! Und jetzt sag mir nicht, die Gewerkschaften schlafen und tun nichts. Wer hat denn in Turin den Kampf für die Herabsetzung der Strom- und Gaspreise auf die Hälfte organisiert? Wer hat für die Herabsetzung der Arbeiterwochenkarten gekämpft?

LUIGI Ja, die Gewerkschaften, aber nur weil die Arbeiter sie dazu gezwungen haben!

GIOVANNI Natürlich, die Gewerkschaften hinken immer hinterher, sie kommen immer, wenn die Schlacht schon geschlagen ist. Mir scheint, du glaubst nicht einmal mehr an die Gewerkschaften! *Der Carabiniere mit dem Schnurrbart tritt auf.*

CARABINIERE Was geht hier vor?!

LUIGI Wir gehen hier vor, als Packesel bei der Rettung des Vaterlandes!

CARABINIERE Von wegen Vaterland retten: Hier wird geklaut!

GIOVANNI Wen sieht man denn da? Der Herr Carabiniere mit dem Schnurrbart. Siehst du die Ähnlichkeit mit dem Wachtmeister vorhin?

LUIGI Ja, der mit der Dienstvorschrift.

*Zwei Arbeiter, die mit in der Kette standen, hauen sich mit den Säcken.*

CARABINIERE Eh! Ihr da! Sofort aufhören! Legt die Säcke hin! Sonst schieße ich! Diese Feiglinge, jetzt hauen sie ab! *Zu Giovanni und Luigi.* Ihr da! Wer hat euch erlaubt, die Säcke anzufassen?

LUIGI Da hast du's: Jetzt werden wir zum Dank noch über'n Haufen geknallt!

GIOVANNI Bitte, Herr Carabiniere, beruhigen Sie sich! Geben Sie acht, daß Sie nicht stolpern mit Ihrer Pistole. Wenn ein Polizist stolpert mit einer Pistole, stirbt immer einer. Das ist der berüchtigte Hoppla-da-bin-ich-doch-glatt-gestolpert-Schuß mit der großen Treffsicherheit!

CARABINIERE Sie sind etwas zu intelligent, mein Lieber. Ich sagte es schon.

GIOVANNI Schon gut, wir wollen uns nur nützlich machen. Sonst weicht alles auf.

CARABINIERE Wir brauchen keine Unterstützung ... weitergehen!

GIOVANNI Gerne, aber der eine Wachtmeister hat es uns geheißen!

CARABINIERE Welcher Wachtmeister?

GIOVANNI Dahinten der, der für den reibungslosen Straßenverkehr an der Unfallstelle sorgt!

CARABINIERE Gut, weitermachen! Nein, hört sofort auf! Ich muß das erst überprüfen! Hallo, Kollege! *Ab.*

LUIGI Rin in die Kartoffeln, raus aus die Kartoffeln. Beinah wie beim Militär!

GIOVANNI Ja, ein Aas ist er ... aber dahinter verbirgt sich ein anständiger Charakter. Er hat deine Frau in den Krankenwagen gebracht mit dem Kind, den Oliven und so weiter.

LUIGI So, der? Ich muß dir eigentlich noch etwas sagen.

GIOVANNI Was?

LUIGI Es hat was mit dem Kampf zu tun, und daß er gerecht und koordiniert sein muß: Ab morgen kriegst du Kurzarbeiterunterstützung.

GIOVANNI Wer sagt das?

LUIGI Ich hab's vorhin im Zug erfahren: Wir arbeiten alle 6 000 Mann nur noch 26 Stunden die Woche ... und in einigen Monaten machen sie den Betrieb ganz zu!

GIOVANNI Unsere Firma wird zugemacht? Wieso das denn? Denen geht's doch gut? Wir haben Aufträge bis Ende nächstes Jahr!

LUIGI Die Aufträge interessieren die nicht. Wenn sie die Produktion nach Spanien verlegen, verdienen sie mehr ... und in Brasilien noch mehr.

GIOVANNI Wegen der niedrigen Löhne, oder?

LUIGI Nicht nur: Da gibt's Lohnleitlinien, konzertierte Aktion, gestreikt wird nicht, eine faschistische Regierung, die den sozialen Frieden garantiert, Sicherheit und Ordnung, Freiheit statt Sozialismus ...

GIOVANNI Gib mal den Sack da ... den anderen auch ... und dann noch die zwei beiden da hinten! Nun mach schon, beweg dich: Lad dir soviel auf, wie du kannst!

LUIGI Was ist jetzt mit dem Stolz, ein Trottel zu sein, demokratisch und rechtschaffen?

GIOVANNI Ja, schon recht, aber es kommt der Tag, an dem auch die Armleuchter aufwachen! Los, pack auf und nichts wie weg: Wir haben schließlich gearbeitet ... jetzt bezahlen wir uns! *Sie verlassen die Bühne, vollgepackt wie Maultiere.*

CARABINIERE *von draußen* He! Ihr zwei da! Wo wollt ihr hin? Halt! Stehenbleiben! Oder ich schieße!

GIOVANNI Schieß nur! Schieß dir in Hintern!

*Der Carabiniere kommt atemlos auf die Bühne.*

CARABINIERE Diese Hundesöhne! So tun, als würden sie schaffen ... wir sichern die Ladung ... eine Gefälligkeit! Und dann: Die reinen Neapoletaner!

*Er rennt hinter ihnen her. Ab. –*

*Szenenwechsel. Lichtwechsel, um anzuzeigen, daß wir uns jetzt in einer anderen Straße befinden. Von rechts kommen Luigi und Giovanni die Straße entlang, immer noch vollgeladen mit Säcken.*

GIOVANNI Komm, durchhalten, noch hundert Meter, dann haben wir's. Stopp, da ist ein Polizeiauto ... genau vor meinem Haus.

LUIGI Schau mal, die zwei Frauen dahinten, sind das nicht unsere?

GIOVANNI Das können sie gar nicht sein!

LUIGI Wieso nicht? Sie gehen aber in euer Haus. Die eine ist sogar schwanger.

GIOVANNI Schau besser hin! Sie sind alle beide schwanger!

LUIGI Oje! Hast recht. Dann können sie's nicht sein.

GIOVANNI *schaut zurück* Scheiße, jetzt sind wir umzingelt. Schau mal hinter dich, da hinten!

LUIGI Ist was?

GIOVANNI Siehst du schlecht? Dieser Carabiniere verfolgt uns. Dieser Penner! Ich meine, alle haben sie etwas geklaut, aber ausgerechnet hinter uns muß er herlaufen, der Gehirnkrüppel!

LUIGI Ganz klar, der weiß, wo du wohnst . . . paß auf, der rennt schnurstracks zu euch und besucht dich daheim.

GIOVANNI Dem wischen wir eine aus. Wir gehen zu dir.

LUIGI Eben. Komm hier lang, den Typ versetzen wir.

*Sie gehen nach hinten ab. Der Carabiniere läuft dagegen von rechts nach links quer über die Bühne, ohne sie zu bemerken. Dunkel. Szenenwechsel. Bild wie am Anfang. Wohnung von Giovanni und Antonia. –*

*Die Frauen treten auf, beide hochschwanger.*

ANTONIA Rasch, Margherita . . . komm rein und mach die Tür zu.

MARGHERITA Gib mir einen Schluck Wasser! Ich hab Durst.

ANTONIA Sobald wir die Bäuche los sind, machen wir uns noch einen . . . das ist bestimmt die letzte Ladung.

MARGHERITA Bauch voll, Bauch leer, ich komme mir vor wie ein Kleintransporter.

ANTONIA Du mußt immer meckern!

*Margherita schlägt den Mantel auf und zieht aus ihrem Bauch einige Köpfe Salat und andere Salatsorten hervor.*

MARGHERITA Da. Salat für einen ganzen Monat.

ANTONIA Ich weiß . . . ist viel Zeug . . . aber andererseits müssen wir auf dem Rückweg genauso dick sein wie auf dem Hinweg, verstehst du, sonst sehen uns die Polizisten hin mit so einem Bauch, und zurück sind wir auf einmal nicht so dick . . . und wenn wir dann wieder hingehen, wieder mit so einem Bauch . . . das sind zwar Penner, aber bei sowas wachen sie auf.

MARGHERITA Da hast du recht.

ANTONIA *läuft besorgt zum Herd* Scheibenkleister, wir haben die Suppe vergessen . . . die ist so dick wie Kleister. *Hebt den Topfdeckel hoch.* Himmel, sie hat noch gar nich gekocht . . .

warum ist denn kein Gas an ... Jetzt haben uns diese Schweinehunde wahrhaftig das Gas abgestellt ... Paß auf, als nächstes stellen sie uns den Strom ab! Der Mann von den Stadtwerken war gestern hier und hat's mir schon angekündigt.
*Es klopft an der Tür.* Wer ist da?

STIMME VON DRAUSSEN Ein Freund.

ANTONIA Welcher Freund?

STIMME VON DRAUSSEN Ein Arbeitskollege Ihres Mannes. Ich muß Ihnen was Wichtiges ausrichten.

ANTONIA Oh, mein Gott! Ob ihm was passiert ist? *Sie geht und öffnet die Tür.*

MARGHERITA Wart noch, ich mach den Salat wieder in Mantel.

ANTONIA Einen Augenblick, ich muß mir was überziehen. *Sie öffnet die Tür. Der Carabiniere tritt ein.* Ach Sie sind's? Was soll das?

CARABINIERE Stehen geblieben und keine Bewegung! Ha, diesmal hab ich euch erwischt! Schau an, alle beide schwanger! Wie schnell die Bäuche wachsen! Wußt ich's doch, war alles Schwindel!

MARGHERITA *läßt sich völlig erledigt auf das Bett sinken* Ich wußt es, ich wußt es! Wir sind erledigt!

CARABINIERE Ich stelle mit Genugtuung fest, daß Sie Ihren Wanst behalten haben. Und Sie, gnä' Frau ... meine Hochachtung! In fünf Stunden: Haben Sie einen Geschlechtsverkehr ausgeführt, sind Mutter geworden und schon im neunten Monat! Welch ein Tempo!

ANTONIA Herr Wachtmeister! Sie begehen einen großen Fehler!

CARABINIERE Vorhin habe ich einen großen Fehler begangen, als ich auf den Trick mit den Wehen und der Frühgeburt reingefallen bin! Schluß damit! Die Beute heraus!

ANTONIA Sind Sie verrückt? Was für eine Beute?

CARABINIERE Spielen Sie nicht die Neunmalkluge! Das zieht nicht mehr! Ihr Spiel ist durchschaut: Die Ehemänner gehen auf Diebeszug, bringen die Beute ihren Frauen, und die verstecken sie sich am Bauch! Den ganzen Tag sehe ich schwangere Frauen umherlaufen! Unmöglich, daß alle Frauen dieses Viertels zur selben Zeit schwanger geworden sind! Gut, ich kenne die sprichwörtliche Fruchtbarkeit der Frau aus dem einfachen Volk ... aber hier wird übertrieben! Schwangere

Frauen, schwangere Mädchen, schwangere Kinder ... vorhin sah ich sogar eine Achtzigjährige, die offensichtlich schwanger war: Mit einem Bauch, als erwartete sie Zwillinge!

ANTONIA Ich weiß, aber nicht wegen dem, was Sie denken ... wir feiern das Fest unserer Schutzpatronin!

CARABINIERE Was für eine Schutzpatronin?

ANTONIA Die heilige Eulalia ... Sie wissen doch, die Heilige, die sich ihr Leben lang ein Kind wünschte und die der Herrgott erst erhörte, als sie das hübsche Alter von 60 Jahren erreicht hatte. Da erst kriegte sie ein Kind!

CARABINIERE Mit sechzig?

ANTONIA Ja, und denken Sie nur, ihr Mann war mehr als 80!

CARABINIERE Nein!

ANTONIA Doch, das ist Glaubensstärke! Der Ehemann soll allerdings kurz darauf gestorben sein, wie es heißt. Aber einerlei: Zur Erinnerung an dieses Wunder machen sich alle Frauen unseres Stadtviertels drei Tage lang einen falschen Bauch.

CARABINIERE Was für eine schöne Tradition! Und darum raubt ihr sämtliche Supermärkte aus ... nur um euch die Bäuche vollzustopfen? Da schau einmal, wie religiös das einfache Volk ist ... Schluß jetzt, mit euren Narrenpossen! Ich will wissen, was ihr da drin habt, sonst verlier ich die Geduld!

ANTONIA So! Und was wollen Sie machen? Uns die Kleider vom Leib reißen? Ich warne Sie: Wenn Sie uns auch nur mit einem Finger berühren, passiert ein Unglück! Genau das, was auch dem ungläubigen Ehemann der heiligen Eulalia widerfahren ist. Der Alte war ungläubig und glaubte seiner Frau nicht: »Du und schwanger? Erzähl keinen Unsinn! Zeig sofort, was du unter dem Kleid hast ... wenn du wirklich schwanger bist, bring ich dich um, denn das heißt, daß ich nicht der Vater bin!« Worauf die heilige Eulalia ihr Kleid öffnete und ein zweites Wunder passierte. Aus ihrem Bauch sprangen Rosen ... eine wahre Kaskade von Rosen!

CARABINIERE Schau an, schau an, was für ein schönes Wunder!

ANTONIA Ja, aber das ist noch nicht alles! Dem Ehemann wurde es dunkel vor den Augen: »Ich sehe nichts mehr, ich sehe nichts mehr!«, schrie er, »Ich bin erblindet!« Darauf geschah das dritte Wunder: Aus den Rosen kam ein Kind, das schon zehn Monate alt war und reden konnte und sagte: »Vater,

Vater, der liebe Gott vergibt dir. Jetzt kannst du in Frieden sterben!« Es berührte ihn mit seiner winzigen Hand am Kopf, und der Greis starb auf der Stelle!

CARABINIERE Wirklich interessant! Aber jetzt Schluß mit den Märchen und zeigt mir die Rosen! Ich meine . . . beeilt euch, ich hab schon genug Zeit vergeudet und werd so langsam nervös!

ANTONIA Na gut. Sie glauben also nicht an das Wunder?

CARABINIERE Nicht im geringsten!

ANTONIA Sie fürchten das Unglück nicht?

CARABINIERE Nein, ich sag's doch!

ANTONIA Gut, wie Sie wollen! Aber kommen Sie hinterher nicht an und sagen, ich hätte Sie nicht gewarnt. *Zu Margherita.* Komm, zeigen wir's ihm:

Heilige Eulalia mit dem Bauch
wer an Deine Wunder nicht glaubt
soll verdammt sein, auch
wer dem Orakel nicht glaubt
den strafe mit Unglück
verdunkle seinen Blick
Heilige Eulalia, daß er nie wieder sehe,
gib's ihm richtig,
Dein Wille geschehe!

*Sie öffnen ihre Mäntel.*

CARABINIERE Was ist das denn?

ANTONIA Jetzt sieh einmal an! Sieht aus wie Salat!

CARABINIERE Salat?

ANTONIA Ja, tatsächlich, Salat: Zichorie, Endivien, Rapunzel und sogar ein Kopfsalat!

MARGHERITA Bei mir auch, ich hab auch einen Kopfsalat!

CARABINIERE Was ist das wieder für eine Geschichte? Warum habt ihr den ganzen Salat unterm Mantel versteckt?

ANTONIA Das waren wir nicht! Wollen Sie sehen, daß es ein Wunder ist?

CARABINIERE Ja, ein Küchenwunder!

ANTONIA Gibt es ein Gesetz, daß der italienische Bürger, vor allem weiblichen Geschlechts, kein Zichorie, Endivien und Kopfsalat unterm Mantel tragen darf?

CARABINIERE Nein, nein . . . natürlich nicht . . . ich frage mich nur, warum ihr euch das ganze Zeug unter die Bluse und in den Rock gestopft habt!

ANTONIA Das habe ich Ihnen doch gesagt! Um uns einen Bauch nach dem Brauch zu machen für die heilige Eulalia. Drei Tage müssen wir ihn tragen. Und wer's nicht glaubt, dem passiert ein Unglück.

*Das Licht wird langsam dunkler.*

ANTONIA UND MARGHERITA Heilige Eulalia mit dem Bauch, wer an deine Wunder nicht glaubt ...

CARABINIERE Was ist jetzt los? Das Licht geht aus!

ANTONIA Welches Licht?

CARABINIERE Sehen Sie nicht? Es wird immer dunkler. Es wird dunkel.

ANTONIA Wo wird es dunkel? Ich sehe gut! Siehst du was?

MARGHERITA Ich finde ...

*Antonia tritt ihr in den Hintern.*

ANTONIA Siehst du? Wir sehen normal ... Vielleicht beginnen Sie, das Augenlicht zu verlieren! *Margherita nähert sich Antonia tastend mit ausgestreckten Händen.*

MARGHERITA In den anderen Wohnungen ist noch Licht. Nur bei euch haben sie abgeschaltet.

CARABINIERE Jetzt macht keinen Blödsinn! Wo ist der Schalter?

ANTONIA *bewegt sich mit Sicherheit, trotz der Dunkelheit.* Hier. Sehen Sie nicht? Warten Sie, ich mach schon. *Man hört einen Lichtschalter knacken.* Hier schauen Sie, jetzt ist aus und so ist an ... Sehen Sie's?

CARABINIERE Nein, ich seh nichts ...

ANTONIA Heilige Santa Eulalia, er ist blind geworden! Das Unglück hat ihn überfallen! Der Herr hat ihn gestraft! Der Ärmste!

CARABINIERE Hört auf! Öffnet das Fenster! Ich will hinausschaun!

ANTONIA Aber das Fenster ist geöffnet!

MARGHERITA Ja, es ist offen, sehen Sie?

ANTONIA Kommen Sie, schauen Sie nur hinaus. *Sie ergreift seinen Ärmel.* Hier lang. *Sie stellt ihn vor einen Stuhl.* Vorsicht, der Stuhl! *Der Carabiniere stößt sich an dem Stuhl.*

CARABINIERE *stöhnt laut auf* Oh! Was ein Schlag!

ANTONIA Jetzt passen Sie doch auf, wo Sie hintreten!

CARABINIERE Wie denn! Wenn ich nichts sehe!

ANTONIA Ach ja, Sie Ärmster, Sie sehen ja nichts. Was für ein

Unglück! Hier ist das Fenster. *Sie führt ihn vor die Kredenz und öffnet die beiden oberen Fenster.* Vorsicht . . ja, hier, stützen Sie sich aufs Fensterbrett, ich mach derweil die Fensterladen auf . . . so, das hätten wir. *Der Carabiniere tastet unsicher umher.* Oh, die vielen Lichter auf der Straße! Sehen Sie? Was ist heut für ein Tag? Aber ja, das ist die Festbeleuchtung für die heilige Eulalia . . . Welch ein Lichtermeer! Sehn Sie's wirklich nicht?

CARABINIERE Nein, ich seh nichts! Ich seh überhaupt nichts! Was ist bloß mit mir geschehen?! Ein Streichholz . . . zündet ein Streichholz an!

ANTONIA Sofort . . . bleiben Sie, wo Sie sind . . . hier, ich hab was Besseres als Streichhölzer . . . einen Schweißapparat . . . *Sie zündet ihn an.* Da schauen Sie, was für eine schöne Flamme!

CARABINIERE Ich seh nichts! Das glaub ich nicht, daß Sie ihn angezündet haben . . . lassen Sie mich anfassen!

ANTONIA Nein, nein! Er ist glühend . . . völlig rot!

CARABINIERE Ich sehe kein Rot! Ich will ihn anfassen, hab ich gesagt! *Schreit vor Schmerz auf.* Meine Hand! Ich hab mir die Hand verbrannt! Oh, Gott, tut das weh! Das brennt!

ANTONIA Natürlich! Sehn Sie's, sehn Sie? Daß Sie nie glauben wollen!

CARABINIERE Was für ein Unglück! Bin ich wirklich blind?! Ich bin blind!

ANTONIA Ja, Sie sind blind! Seit einer Stunde sagen wir es ihm! Das ist der Fluch!

CARABINIERE Ich will raus! Wo ist der Ausgang! Laßt mich raus hier!

ANTONIA Warten Sie, ich begleite Sie . . . Hier lang . . . Hier ist die Tür! *Sie öffnet die Schranktür. Der Carabiniere stürzt wie ein Wilder in den Schrank, rast gegen die Rückwand, taumelt wie vom Schlag getroffen zurück und fällt lang hin.*

CARABINIERE Kerle, was ein Schlag!

MARGHERITA Er hat sich den Kopf eingeschlagen!

CARABINIERE *laut stöhnend* Oh . . . ich sterbe . . . mein Kopf . . . was war das?!

ANTONIA Das Kind! Das war das Kind, das mit seinem Händchen Ihren Kopf berührt hat!

CARABINIERE Kerle, was ein Händchen!

ANTONIA Carabiniere! Carabiniere! Er ist ohnmächtig geworden.

MARGHERITA *lacht schallend* Oh, das hast du gut gemacht! Vielleicht ist er tot!

ANTONIA Du bist immer optimistisch, was? Von wegen, tot ... Hol eine Taschenlampe, in der Tischschublade ... beeil dich ...

*Margherita geht tastend zum Tisch.*

MARGHERITA Er ist tot, er ist tot, er atmet nicht mehr!

ANTONIA Nein, er ist nur unpäßlich, wie ein Fabrikant, der ins Gefängnis soll, weil er Bankrott gemacht hat ... er atmet ... tatsächlich ... er atmet nicht mehr! Auch sein Herz schlägt nicht mehr!

MARGHERITA Heilige Mutter Gottes, wir haben einen Polizisten ermordet.

ANTONIA Vielleicht haben wir wirklich übertrieben. Was wollen wir jetzt machen?

MARGHERITA Das fragst du mich? Was hab ich damit zu tun? Das hast du gemacht! Tut mir leid, aber ich muß jetzt heim ... meine Schlüssel! Wo hab ich die Hausschlüssel hingelegt?

ANTONIA Eine schöne Freundin bist du: Mich sitzen zu lassen. Feine Solidarität!

MARGHERITA *findet einen Schlüsselbund auf der Kredenz* Da sind sie! Ich hab aber noch einen Schlüsselbund in der Tasche! Das müssen die von meinem Mann sein! Dann muß er hier gewesen sein, um mich zu suchen ... dabei hat er sie bestimmt vergessen!

ANTONIA Wenn er sie hier vergessen hat, kommt er wieder her.

MARGHERITA Bestimmt hat er deinen Mann getroffen. Stell dir vor, wenn der ihm alles erzählt hat, daß ich schwanger wäre? Was erzähl ich dem bloß? Ich bin nicht so gut im Geschichtenerfinden wie du! Tut mir leid, aber ich muß hierbleiben. Du mußt sehen, wie du mir aus der Patsche hilfts ... du mußt ihm alles erklären!

ANTONIA Klar, ich erklär ihm alles ... das mach alles ich! Ich hab kräftige Schultern. *Betrachtet den Carabiniere.* Den hat wirklich der Schlag getroffen!

MARGHERITA Siehst du? Mit Wundern ist nicht zu spaßen!

ANTONIA Das war er, der gespaßt hat ... ich hab ihn gewarnt:

Obacht vor dem Fluch, die heilige Eulalia ist schrecklich. *Sie faßt ihn bei den Schultern und hebt und senkt seinen Oberkörper.*

MARGHERITA Und jetzt? Was soll das?

ANTONIA Künstliche Beatmung.

MARGHERITA So hilft das gar nichts. Das macht man heute ganz anders . . . Man muß ihn von Mund zu Mund beatmen wie bei einem Ertrunkenen.

ANTONIA So, meinst du, ich küsse einen Polizisten! Wenn das mein Mann erfährt . . . Küß du ihn, Margherita.

MARGHERITA Ich nicht, nee! Was wir brauchen, ist eine Flasche Sauerstoff.

ANTONIA *denkt einen Moment nach* Ich hab's! Der Autogenschweißer, der arbeitet mit Sauerstoff. In der einen ist Wasserstoff und in der andern Sauerstoff. Komm, hilf mir! Schließ den Verschluß vom Wasserstoff . . . ja, so, ich öffne die Sauerstoff-Flasche.

MARGHERITA Bist du sicher, ob das geht?

ANTONIA Und ob! Ich hab's sogar schon im Kino gesehen.

MARGHERITA Wenn du's im Kino gesehn hast, dann ist gut.

ANTONIA Schau, siehst du? Er beginnt zu atmen. Schau, wie sich sein Bauch bewegt . . . Er hebt sich . . . da, paß auf, gleich senkt er sich wieder.

MARGHERITA Ich finde, daß er sich nur hebt . . . er wird immer dicker . . . hör auf! Du pumpst ihn auf!

ANTONIA Verflucht! Kleines Mißgeschick: Ich krieg das Ding nicht aus seinem Maul raus . . . er hat sich drauf verbissen . . . schließ das Ventil! Schnell! Nein, nein, anders rum . . . du mußt anders rum drehen!

MARGHERITA Das hätten wir.

ANTONIA Kinder, Kinder, was ein Bauch? Jetzt haben wir auch noch einen Polizisten geschwängert!

*Dunkelheit. Die Szene wechselt währenddessen wieder mit Hilfe des Vorhangs. Sie wird langsam hell. Auf der Bühne Giovanni und Luigi.*

GIOVANNI Wir können unmöglich hier die ganze Zeit im Eingang herumstehen wie zwei Ölgötzen! Hör zu, ich schau einmal, ob ich die Tür mit der Schulter eindrücken kann.

LUIGI Hör auf, du hast doch gesehen, daß ich's versucht hab und mir die halbe Schulter gebrochen habe. Da ist nichts zu machen. Wir haben zwei kräftige Schlösser davor.

GIOVANNI Weshalb diese Verbarrikadierung?

LUIGI Das ist meine Frau, sie hat Angst vor Einbrechern.

GIOVANNI Ja und jetzt, wo zwei wirkliche Gauner rein wollen, sind wir geäfft und stehen da wie der Brunnen vor dem Tore. Du bist eine Niete: Ein Ganove, der seine Hausschlüssel verliert.

LUIGI Hör endlich auf mit deinen Ganovengeschichten! Hallo! Da fällt mir ein, daß ich meine Schlüssel gar nicht verloren habe ... ich hab sie bei dir gelassen ... natürlich ... auf der Kredenz!

GIOVANNI Bist du sicher?

LUIGI Völlig sicher, los, gib mir deine Wohnungsschlüssel, ich hol meine Schlüssel.

GIOVANNI Du bist zu blöde. Bei dem Carabiniere, der vor meiner Wohnung lauert wie ein Raubvogel: Track!

LUIGI Aber nein, der ist inzwischen längst müde und wird weg sein.

GIOVANNI Ja, denkst du, der ist schlimmer als ein Schießhund ... der schießt sogar. Ich sag dir, der hat längst Wurzeln geschlagen und verbringt bei mir seinen Lebensabend ... Ich darf gar nicht dran denken, noch mal nach Hause zu kommen. Ich werd auswandern müssen!

LUIGI Du übertreibst!

GIOVANNI Warum hab ich nur auf dich gehört und diesen Blödsinn gemacht? *Man hört Schritte.* Da kommt jemand ...

LUIGI Bleib ruhig, wer soll schon kommen, es wird jemand aus dem Haus sein.

GIOVANNI Wir müssen die Säcke zudecken. *Er zieht seinen Regenmantel aus und wirft ihn über die Säcke.*

LUIGI Was hast du nur? Meinst du, der spioniert hier? Hier wohnen nur Leute wie wir.

GIOVANNI Man kann nie wissen.

STIMME VON DRAUSSEN Entschuldigen Sie, können Sie mir helfen?

GIOVANNI Verdammte Kiste, wir sind blamiert.

LUIGI Wieso blamiert?

GIOVANNI Der Carabiniere ... erkennst du ihn nicht? Siehst du? Jemand hat uns verraten!

LUIGI Aber nein, das ist er nicht. Er sieht ihm nur ähnlich.

GIOVANNI Nein, du hast recht. Er ist es nicht.

LEICHENBESTATTER *tritt auf* Was sagten Sie? Sprachen Sie mit mir?

GIOVANNI Nein, nichts. Ich glaubte, Sie zu kennen.

LUIGI Junge, der sieht ihm aber ähnlich.

BESTATTER Wem seh ich ähnlich?

GIOVANNI Einem Unteroffizier der Carabinieri mit Schnurrbart, der eine verteufelte Ähnlichkeit hat mit einem Wachtmeister der Sicherheitspolizei ohne Schnurrbart ... *Er muß lachen.* Entschuldigen Sie, wenn ich lache, aber ich komme mir vor, wie in einem Lustspiel, das ich mal gesehen habe, wo sie zu wenig Schaupsieler hatten, und so mußte ein Schauspieler die Rolle von sämtlichen Polizisten spielen, die in dem Stück vorkamen.

BESTATTER Aber ich bin wirklich kein Polizist!

GIOVANNI Ach nein? Und was spielen Sie für eine Rolle?

BESTATTER Ich arbeite für ein Bestattungsunternehmen.

GIOVANNI UND LUIGI Mutter, die Türken! *Sie fassen sich beide gleichzeitig an den Hodensack.*

GIOVANNI Entschuldigung, das war ganz instinktiv.

BESTATTER Keine Ursache ... das machen alle, wenn sie mich sehen ... wenn ich in den Spiegel schaue, verhalt ich mich selber so.

GIOVANNI Sympathisch.

BESTATTER Danke. Aber können Sie mir sagen, ob hier ein gewisser Prampolino wohnt?

LUIGI Eins höher, im dritten Stock. Er ist nicht zuhause. Ist im Krankenhaus ... immer krank der Ärmste ... ein schweres Leben!

BESTATTER Genau. Er ist tot. Wissen Sie, wann seine Angehörigen daheim sind? Ich soll den Sarg abgeben.

LUIGI Ja, ich glaube, der Sohn kommt abends nach Hause, aber vielleicht sollten Sie den Sarg lieber ins Krankenhaus bringen, wenn die den Toten haben.

BESTATTER Da komme ich gerade her, aber der Leichnam ist leider schon abgeholt worden, von irgendwelchen Verwandten ... Wer weiß, wo er jetzt steckt.

GIOVANNI Lassen Sie den Sarg einfach im Treppenhaus.

BESTATTER Nein, das geht nicht ... schauen Sie, ein Sarg ... einfach abstellen ... bei dem Rein und Raus ... und dann die Kinder, die setzen sich rein und spielen Indianer, die

Kanu fahren... Das kann ich nicht machen. Außerdem brauche ich eine Unterschrift, daß ich den Sarg abgegeben habe.

LUIGI Dann können wir Ihnen nicht helfen.

BESTATTER Sie machen einen vertrauenswürdigen Eindruck. Wohnen Sie hier?

LUIGI Ja, ich ... ich wohne direkt hier.

BESTATTER Da bin ich aber froh: Ich übergebe Ihnen hiermit den Sarg, wir tragen ihn in Ihre Wohnung und ... nachher, wenn der Sohn des Verstorbenen zurückkommt ...

LUIGI Ein Sarg in der Wohnung?

BESTATTER Aber ja, ein Sarg nimmt nicht viel Platz weg ... und wenn man davon absieht, daß er ein etwas makabrer Gegenstand ist, kann er sogar recht dekorativ sein, wenn man so will ... man muß sich nur dran gewöhnen.

GIOVANNI Klar, das Leben ist auch nur Gewohnheitssache.

LUIGI Gut, einverstanden ... aber da wäre noch die Sache, schauen Sie, wir können nicht rein, weil ich keinen Schlüssel habe ... wir sind selbst ausgeschlossen.

BESTATTER Das ist bedauerlich. Dann bleibt mir nichts weiter übrig, als das Ding ins Magazin zurückzubringen.

GIOVANNI Nein, warum? Ich wüßte vielleicht eine Lösung: Wir bringen ihn zu mir, ich wohne gleich gegenüber ... wenn Sie mir trauen, übernehme ich ihn.

BESTATTER Natürlich traue ich Ihnen! Ich weiß nicht, wie ich Ihnen danken soll.

GIOVANNI Och, keine Ursache, Sie müßten mir nur einen kleinen Gefallen tun.

BESTATTER Aber bitte.

GIOVANNI Erlauben Sie uns, diese Säcke hier in dem Sarg zu transportieren ... wissen Sie, bei dem Regen ... der Inhalt ist sehr empfindlich und darf nicht naß werden. Der Sarg hat doch einen Deckel?

BESTATTER Aber ja, es ist ein regulärer Sarg ... ein Armensarg zwar, aber ein Deckel machen wir auch bei diesen einfachen Särgen drauf.

GIOVANNI Was haben wir doch für eine großzügige Stadtverwaltung! Dann gehen wir.

BESTATTER Ich laß schon mal den Sarg abladen. *Ab. Giovanni und Luigi laden sich die Säcke wieder auf.*

GIOVANNI Das wollen wir doch mal sehn, ob die Polizei den Mut hat, ihre Nase in einen Sarg zu stecken.

LUIGI Kerle, das war wirklich eine gute Idee, muß ich sagen. Wie bist du denn darauf gekommen?

GIOVANNI Der Vietcong! Der Vietcong hat mich darauf gebracht. Erinnerst du dich, wie sie alle ihre Waffen mit Leichenwagen in die Stadt geschafft haben? Wo sie dann diesen gewaltigen Angriff ausgelöst haben?

LUIGI Die Tet-Offensive?

GIOVANNI Eben.

LUIGI Dann lern mal auch von den Vietcong, wie du dich vor dem verflixten Carabiniere retten kannst ... was ist, wenn er immer noch auf uns wartet?

*Von außen ist die Stimme des Leichenbestatters zu hören.*

BESTATTER Eh! Wir sind fertig! Kommt ihr?!

GIOVANNI Junge, daran hatte ich nicht mehr gedacht. Aber jetzt fällt mir ein, daß die Vietcong nicht mit leeren Särgen kamen, ich meine unten drin hatten sie die Waffen, aber oben drauf lag immer ein Toter!

LUIGI Haben wir denn einen Toten?

GIOVANNI Ich! Ich spiele den Toten, und du spielst einen vom Bestattungsunternehmen, der den Sarg trägt. Hoffentlich muß ich nicht lachen. *Beide ab.*

*Dunkel. Szenenwechsel. Es erscheint der Vorhang »Die beiden Frauen daheim«. –*

*Antonia hat einen Arm unter das Bett gestreckt und füllt ihren Tragesack mit Lebensmitteln.*

MARGHERITA Ich sage dir, du bist entweder völlig gefühllos oder verrückt. Himmel, wir sitzen hier mit einem Toten in der Wohnung, und du hast nur einen Gedanken, die Nudeln und den Reis aus dem Haus zu schaffen.

ANTONIA Aber es ist der letzte Transport! Was sollen wir machen? Ist er tot, ist er tot, wenn er noch lebt, wacht er wieder auf. Der macht schnurstracks eine Wallfahrt zum Heiligtum der heiligen Eulalia, aber zu Fuß, wirft sich auf die Erde und dankt ihr für erwiesene Gnade, Sehkraft glücklich wiederhergestellt, dafür aber schwanger.

MARGHERITA Lach nur, lach nur ... du wirst sehen, wie wir noch enden.

ANTONIA Mehr als bisher kann uns nicht passieren. Komm, hilf mir lieber, ihn beiseite zu schaffen . . . falls jemand kommt.

MARGHERITA Aber wohin mit ihm?

ANTONIA In Schrank!

MARGHERITA In Schrank?

ANTONIA Wohin denn sonst? Hast du noch nie einen Kriminalfilm gesehen? Die Toten kommen immer in den Schrank . . . das ist üblich so! *Sie stellen den Carabiniere auf die Füße.*

MARGHERITA Wenn das so üblich ist . . . Herrgott, der wiegt vielleicht . . . Das ist doch Lebendgewicht, du, wir können noch eine Probe machen . . .

ANTONIA Welche Probe?

MARGHERITA Wir halten einen Spiegel vor seinen Mund, ob Atem rauskommt.

ANTONIA Ich hab keinen Spiegel. Er ist heute früh kaputtgegangen. *Sie bewegen den Carabiniere, als wäre er eine Gliederpuppe, und stellen ihn in den Schrank.*

MARGHERITA Da siehst du, wo das ganze Unglück herkommt. Du mußtest den Spiegel zerschlagen.

ANTONIA Werd bloß nicht abergläubig. So, das hätten wir. Wart's ab, wir stecken ihm einen Kleiderbügel unter die Jakke . . . ja, so . . . jetzt heben wir ihn hoch und hängen ihn an die Kleiderstange . . . hervorragend! Igittegitt, dem sein Bauch ist so aufgebläht, daß die Tür nicht zugeht. Hilf mir . . . drücken . . . so! *Sie schließen die Schranktür.*

MARGHERITA Ich mach die Fensterladen auf . . . *Sie tut es.* Draußen regnet's, als gäb's eine Sintflut.

ANTONIA Wart's ab, ich zieh mir nur eben die Gummistiefel über und hol einen Schirm.

*Sie verläßt den Raum und geht ins Nebenzimmer. Die Tür geht auf, Luigi tritt ein. Er hat den Hut des Leichenbestatters auf dem Kopf.*

LUIGI *späht umher, mit leiser Stimme* He! Heda! Ist da wer? Ist der Carabiniere da?

MARGHERITA Wer sind . . . Luigi, du?! Wie siehst du denn aus?

LUIGI Meine geliebte Margherita, endlich . . . wie geht es dir . . . laß dich anschaun. Du hast ja gar keinen Bauch? Und das Kind? Wo ist unser Kind? Wie geht's ihm? Hast du es verloren?

MARGHERITA Nein, nein, beruhige dich . . . es ist alles in Ordnung.

LUIGI Wirklich alles in Ordnung? Geht's dir gut? Erzähl mir ein bißchen ...

MARGHERITA Später, nachher ... es ist besser, wenn Antonia dir alles erzählt ... sie erzählt dir alles ...

LUIGI Wieso Antonia?

BESTATTER *von draußen* He, Sie, was glauben Sie, wieviel die Kiste hier wiegt ... geht's weiter?!

LUIGI Ja, kommt rein ... kein Carabiniere in Sicht. Hier ist niemand.

*In dem Augenblick geht die Schranktür auf, und man sieht den Carabiniere im Schrank hängen. Margherita schließt eilig die Schranktür.*

Auf, Giovanni, komm aus dem Sarg raus ... wir müssen das Ding kanten, sonst geht er nicht rein.

*Margherita läuft ins Nebenzimmer.*

GIOVANNI *von draußen* Wie schade, ich hab mich so wohl gefühlt hier drinnen ... ich bin richtig ein bißchen eingeschlafen ... *Giovanni und der Leichenbestatter treten ein und schleppen einen großen Sarg.* Ich träumte, der Carabiniere wäre tot, und Antonia hatte ihn mit Wasserstoff aus meinem Schweißgerät aufgepumpt. Sein Bauch wuchs und wuchs, bis er so dick war wie ein Luftballon und davonflog.

*Wieder öffnet sich die Schranktür, und man sieht den Carabiniere. Giovanni wendet ihm den Rücken zu. Er schleppt den Sarg zusammen mit dem Leichenbestatter und geht dabei rückwärts auf den Schrank zu. Er drückt die Schranktür mit dem Rücken wieder zu. Der Bestatter sieht den Carabiniere mit Entsetzen.*

Das sind Träume! Ich sag dir!

MARGHERITA *im Nebenzimmer, laut rufend* Antonia! Antonia! Beeil dich! Komm schnell!

ANTONIA Was gibt's denn? Kann man in diesem Hause noch nicht einmal in Ruhe pinkeln?!

GIOVANNI Sind sie beide hier?

LUIGI Ja, es ist alles in Ordnung ... es geht ihnen bestens ...

GIOVANNI Um so besser ... Komm, wir machen den Sarg zu ... *Zum* Leichenbestatter. Vielen Dank, vielen herzlichen Dank! Möchten Sie vielleicht etwas trinken? Was weiß ich: Ein Glas Wein, einen Kaffee ...

BESTATTER Nein danke. *Will abgehen.*

LUIGI Halt, Ihren Hut! Vielen Dank auch für Ihren Hut!

BESTATTER Keine Ursache. *Eilig ab.*

GIOVANNI So, was erzählen wir jetzt unseren Frauen? Diesmal hilft uns auch der Vietcong nicht ... fällt dir was ein?

LUIGI Paß auf. Wir schließen die zwei einen Augenblick ein, und in der Zwischenzeit schaffen wir alles beiseite. Die Nahrungsmittel stecken wir unters Bett und den Sarg stellen wir aufrecht in den Kleiderschrank.

GIOVANNI Ja, schließ die Tür ab. *Luigi dreht den Schlüssel der Kammertür herum, und gemeinsam räumen sie die Säcke eiligst aus dem Sarg und stopfen sie unters Bett.*

MARGHERITA *im Nebenzimmer* Kommst du endlich, Antonia?! Ich muß dir was sagen!

ANTONIA *immer noch auf dem Klo* Ich komme ja schon, ich zieh mich nur noch an ... sonst fällt alles raus!

GIOVANNI Das wär's ... die Säcke haben wir untergebracht. Komm, wir schieben sie noch ein bißchen weiter nach hinten.

LUIGI Von wegen ... schau mal da, wir schieben uns hier einen ab ... auf der anderen Seite kommen sie wieder raus. *Er bückt sich und schaut unter das Bett.* Ist das ein Haufen Zeugs! Das sah gar nicht soviel aus! Das scheint Junge gekriegt zu haben!

GIOVANNI Natürlich, wenn du mit dem Kopf nach unten schaust. Das ist der bekannte Yoga-Effekt. Hilf mir lieber, den Sarg hochheben ... Warte, wir nehmen den Deckel ab, dann paßt er besser rein in den Schrank.

*Sie stellen den Sarg aufrecht und schieben ihn in den Schrank. Dabei stehen sie hinter dem Sarg und öffnen die Schranktür blind, so daß sie den Carabiniere im Schrank nicht sehen und versuchen, den Sarg genau über den Carabiniere zu stülpen.*

LUIGI Was ist das für ein Dingsbums, der Yoga-Effekt?

GIOVANNI Die Inder machen das mit Vorliebe ... die Armen; wenn sie nichts zu essen haben. Sie stellen sich auf den Kopf ... und wenn sie eine Weile kopfgestanden haben, kriegen sie alles, was sie brauchen ... zu essen, zu trinken, soviel sie wollen ... und dann essen sie und essen ... das haben sie von Henry Kissinger gelernt.

LUIGI Und davon geht der Hunger weg?

GIOVANNI Nein, der bleibt. Komm, gleich haben wir's, drücken! *Sie haben den Sarg mühsam über den Carabiniere gestülpt.*

LUIGI Was, sie begnügen sich mit der Einbildung?

GIOVANNI Tja ... *Er versucht, die Schranktür zu schließen.*

LUIGI Man soll den Kopf wirklich nicht solange nach unten halten, ich hatte auch eine Einbildung eben.

GIOVANNI Noch eine?

LUIGI Ja, mir schien, ich hätte den Carabiniere gesehen ... im Schrank!

GIOVANNI Der Carabiniere! *Er reißt die Schranktür auf.* Gottlob, es war nur Einbildung! Wehe, du hältst den Kopf noch mal nach unten! Überlaß solchen Blödsinn lieber den Indern! Der geht nicht zu. *Er versucht vergeblich, die Schranktür abzuschließen.*

MARGHERITA *im Nebenzimmer* Jetzt hab ich die Nase voll, Antonia! Ich wart draußen auf dich, das wirst du noch bereuen! *Luigi schließt rasch die Tür auf. Margherita tritt ein.*

MARGHERITA Danke, sehr liebenswürdig. Oh, Giovanni! Grüß dich!

GIOVANNI *räuspert sich* Dein Mann sagte mir, es sei alles gutgegangen ... Ist das Baby gut zur Welt gekommen?

ANTONIA *kommt hereingeschossen* Jetzt sag einmal, was du mir so eilig zu sagen hattest!
*Sie bleibt wie angewurzelt stehen.*
Oh, ihr ... seid ihr wieder da?

GIOVANNI Antonia! Dein Bauch! Ihr habt es verpflanzt?

LUIGI Was verpflanzt?

ANTONIA Ein bißchen halt.

GIOVANNI Was heißt ein bißchen! Habt ihr oder nicht?!

ANTONIA Ja, aber es war nicht der Rede wert.

GIOVANNI Ich wußte es! Ich wußte es! Was hab ich dir gesagt ... diese Blödmännin ... Die bräuchte ein Irrenhaus für sich alleine! *Er läuft auf sie zu, sofort öffnet sich die Schranktür. Sie läuft hin und schließt sie.* Haben sie einen Kaiserschnitt gemacht?

ANTONIA Nur so einen klitzekleinen.

GIOVANNI Wie groß?!

ANTONIA Naja, grade so groß wie nötig.

LUIGI Haben sie bei dir auch einen Kaiserschnitt gemacht?

MARGHERITA Ja. Das heißt, ich weiß nicht ... Was meinst du, Antonia?

LUIGI Wieso fragst du sie? Weißt du's nicht?

ANTONIA Leider nein, die Ärmste. Sie haben sie betäubt. Wie

soll sie's da wissen, wenn sie in Narkose war?

GIOVANNI Wieso, und du? Haben sie dich ohne Narkose operiert?

ANTONIA Jetzt reicht's mir aber! Was soll dieses Verhör dritten Grades?!

*Während des Wortwechsels laufen abwechselnd Giovanni und Antonia vom Schrank weg und auf den anderen zu. Dabei öffnet sich jeweils die Schranktür, und der andere läuft hin, um sie zu schließen. An einem bestimmten Punkt beginnen auch die Türen der Kredenz, die Wohnungstür und die Zimmertür sich zu öffnen und zu schließen. Die Folge ist ein absurdes Karussell.*

Du Barbar! Statt dich zu erkundigen, wie es uns geht, gesundheitlich, statt dich zu freuen, daß wir bei der Operation nicht gestorben sind und noch leben! Wir beide stehen auf, sofort nach der Operation, verlassen das Krankenhaus, gegen den Willen der Ärzte, bloß um euch keine Sorgen zu machen. Was hätt' ich an deiner Stelle denn machen sollen, häh?! Sie war dabei, ihr Kind zu verlieren . . . ich konnte es ihr retten . . . Wenn nicht, wo bleibt da die Solidarität?! Bist du nicht derjenige, der immer sagt, man müßte sich helfen? Daß ein Kommunist . . . ein Mensch ist . . .

GIOVANNI Ja, du hast recht . . . Tschuldigung . . . vielleicht hast du's richtig gemacht . . . nein, ganz bestimmt . . .

LUIGI Ich danke dir, Antonia, für das, was du für uns getan hast! Du bist wirklich eine unerhörte Frau.

GIOVANNI Ja, ja, du bist eine unübertreffliche Frau!

LUIGI Hier, sag du's ihr auch nochmal . . . los . . .

MARGHERITA Ja, Antonia: Du bist eine unglaubliche Frau.

ANTONIA Jetzt reicht's, hört auf . . . sonst fange ich noch an zu weinen.

GIOVANNI Komm, geh her . . . du darfst nicht stehen . . . *Er führt sie zum Bett und läßt sie sich setzen* . . . mit deinem Kaiserschnitt . . . Vielleicht hättest du lieber im Krankenhaus bleiben sollen.

ANTONIA Jetzt laß mich . . . es geht mir ausgezeichnet . . . Ich habe's kaum gespürt, wirklich.

GIOVANNI Ja, im Gesicht siehst du nicht schlecht aus . . . Oh! Was für ein wundervoller Bauch. *Er streichelt ihren Bauch.* Du, träum ich oder bewegt es sich schon?

LUIGI Es bewegt sich? Verzeihung, Antonia, darf ich auch mal fühlen?

MARGHERITA Du faßt überhaupt nichts an!

LUIGI He, das ist aber mein Kind!

GIOVANNI Wahrhaftig ... jetzt sind wir miteinander verwandt! Und ich werde Vater von einem Palästinenser!

MARGHERITA An mich denkt ihr wohl gar nicht mehr? Bin ich auf einmal ein Fliegendreck wert? Immer Antonia, Antonia!

ANTONIA Jawohl! Lobt sie auch ein bißchen ... Los kümmert euch um sie ... ich muß sowieso mal wohin. *Sie steht auf und geht rasch zur Wohnungstür.*

GIOVANNI *springt ihr in den Weg.* Wohin? Bist du verrückt?! Du gehst mir keinen Schritt lang ... du legst dich wieder hin, ins warme Bett ... oder nein, wir schieben das Bett an den Heizkörper. *Will das Bett wegschieben.*

LUIGI Kerle, du spinnst wohl?!

*Alle stürzen zum Bett und halten es fest.*

GIOVANNI Schon gut, ihr habt recht ... es ist zu gefährlich, viel zu gefährlich ... da in der Nähe der Gasflaschen ... *Er geleitet Antonia zum Bett zurück. Sie widersetzt sich.*

ANTONIA Was ist das für eine Art Deckel?

GIOVANNI Ich seh nichts.

ANTONIA Da! *Sie weist auf den Sargdeckel.*

GIOVANNI Das? Ist kein Deckel, das ist eine Wiege! Ja. Die hat Luigi gekauft, gleich nachdem er von dem Kind gehört hat. Schlafe mein Kindchen, schlaf ein. Eine moderne Ausführung, schau her, man kann sie mit Schnüren an die Decke hängen und schaukeln.

ANTONIA Aber so eine lange?

GIOVANNI Das Kind wächst eben. In ihrer Familie gibt es wahre Riesen. Außerdem war's ein Gelegenheitskauf.

*Antonia streckt sich auf dem Bett aus, sie wirkt wenig überzeugt. Ein Alter erscheint in der Tür. Er wird vom selben Schauspieler gespielt, der auch die Rolle des Wachtmeisters, des Carabiniere und des Leichenbestatters spielt.*

ALTER Darf man? Störe ich?

GIOVANNI Papa! Wie schön! Tritt näher!

ANTONIA Tag, Papa!

GIOVANNI Kennst du meine Freunde? Das ist mein Vater!

ALTER Angenehm.

LUIGI Donnerwetter, noch einer, der genauso aussieht.

GIOVANNI Ja, ja, ich weiß ... mein Alter spinnt ein bißchen.

ALTER Ich spinne nicht im geringsten ... *Zu Margherita.* Wie geht's meiner kleinen Antonia ... gut siehst du aus, Kindchen ... Wirkst viel jünger.

GIOVANNI Sie ist nicht Antonia. Papa. Antonia ist da!

ALTER Ach, wirklich?

ANTONIA Ja, Papa, ich bin's.

ALTER Wieso liegst du im Bett? Geht's dir nicht gut?

GIOVANNI Sie erwartet ein Kind.

ALTER Und wo ist es hingegangen? Nur keine Aufregung: Es kommt bestimmt wieder. *Schaut zu Luigi, als sehe er ihn zum ersten Mal.* Da ist er ja schon, schau nur. Du bist ein richtiger junger Mann geworden. Aber, aber, man läßt doch die Mama nicht warten.

GIOVANNI Er ist mein Freund, Papa!

ALTER Recht so! Man soll seinen Kindern immer ein Freund sein. Alle Menschen sollten gute Freunde sein. Übrigens, weshalb ich gekommen bin: Sie wollen euch rausschmeißen.

GIOVANNI Wer?

ALTER Der Eigentümer dieser Häuser hier. Sie haben den Räumungsbefehl versehentlich an mich geschickt. Hier. Sie schreiben, ihr hättet vier Monate keine Miete bezahlt.

GIOVANNI Unmöglich, du mußt dich irren, zeig her. Antonia hat die Miete immer bezahlt, nicht wahr?

ANTONIA Natürlich.

ALTER Sie räumen fast die ganzen Häuser, weil seit Monaten kein Mensch mehr die Miete zahlt ... Die paar, die noch zahlen, überweisen nur die halbe Miete.

GIOVANNI Wer sagt das?

ALTER Der Kommissar, der die Räumungen leitet ... guter Mann!

*Man hört von der Straße und aus dem Haus undeutliches Stimmengewirr und gelegentlich laute Befehle.*

LUIGI *schaut aus dem imaginären Fenster hinaus* Guckt mal raus, was für ein Polizeiaufmarsch ...

GIOVANNI Tatsächlich ... diese Schweine ... sieht aus wie im Krieg ... sieh mal, die vielen Lastwagen.

ALTER Das ist, um die Möbel und den Hausrat abzufahren. Völlig kostenlos.

*Das Stimmengewirr steigert sich, man hört gelegentliches Weinen von Frauen und Kindern und neue Befehle.*

STIMME EINES POLIZISTEN IM HAUS Los ... Bewegung ... Alles auf die Straße ... Räumen, räumen!

GIOVANNI Eh! Der Brief ist ja wirklich an uns. Himmel Antonia! Was soll das?! Sprich!

ANTONIA Schrei nicht so, das Kind wacht auf.

GIOVANNI Schon gut, ich sprech leise. Hier steht, wir zahlen seit vier Monaten keine Miete. Antworte Antonia, willst du mir das erklären?

ANTONIA Ja, gut: Ja, es stimmt. Wir haben auch den Strom und das Gas nicht bezahlt ... Sie haben's uns schon abgestellt.

GIOVANNI Strom und Gas haben sie uns abgestellt? Wieso hast du nicht bezahlt!

ANTONIA Weil ich mit dem bißchen Geld, das wir verdienen, zu Essen kaufen muß, und dann reicht's grade zum Lebensunterhalt.

MARGHERITA Luigi, ich muß dir was sagen: Ich hab die Miete auch nicht bezahlt.

LUIGI Wunderbar!

ANTONIA Schau, wir Frauen sind wirklich schlimm dran ... praktisch alle in unserm Haus, im Nachbarhaus, im Haus gegenüber, alle.

GIOVANNI Unglaublich ... Himmelherrgott, warum hast du mir nie gesagt, daß du mit dem Geld nicht auskommst?!

ANTONIA Weil du nicht mehr hast ... was hättest du denn gemacht? Wärst du vielleicht einbrechen gegangen?

GIOVANNI Nein, das bestimmt nicht ... aber ich meine ...

ANTONIA Du hättest das große Wehklagen gekriegt, hättest du ... du hättest mir vorgeworfen, daß ich nicht wirtschaften kann ... du hättest dir vorgeworfen, daß du mich geheiratet hast! *Sie seufzt.*

LUIGI Und du? Hast du wenigstens Strom und Gas bezahlt?

MARGHERITA Ja, Strom und Gas ja.

LUIGI Wenigstens etwas.

GIOVANNI Komm, komm, hör auf zu weinen. Das schadet dem Baby.

ALTER Aber ja, aber ja, es wird alles wieder gut! Dabei fällt mir ein, daß ich gekommen bin, um euch was zu Essen zu bringen. Wart, ich hab's draußen. *Geht zur Wohnungstür hinaus und kommt sofort mit einem großen Sack wieder herein.* Manchmal bin ich ein bißchen vergeßlich. *Leert den Inhalt des Sackes auf dem Tisch.* Ich hab's in meinem Schuppen gefunden. Das gehört bestimmt euch.

LUIGI Was ist das? Butter, Mehl, gepellte Tomaten?

ANTONIA Damit hab ich nichts zu tun!

GIOVANNI Du irrst, Papa, das gehört uns nicht.

ALTER Doch, es gehört euch. Ich habe's selber gesehen, daß Antonia heut vormittag in meinem Schuppen war!

ANTONIA Also gut! Es sind Sachen, die ich zum halben Preis gekauft hab, gestern.

GIOVANNI Vielleicht im Supermarkt!?

ANTONIA Ja, aber ich habe nur die Hälfte bezahlt. Den Rest hab ich so mitgenommen.

GIOVANNI So mitgenommen? Du hast gestohlen?

ANTONIA Ja.

LUIGI Du auch?

MARGHERITA Ja, ich auch.

ANTONIA Nein, das ist nicht wahr! Sie lügt, sie hat nichts mit zu tun.

*Zwei Polizeibeamte treten ein.*

POLIZIST Gestatten Sie? Familie Bardi? Sind Sie das?

POLIZIST Ihr Räumungsbefehl. Halbe Stunde Zeit. Bereiten Sie alles vor! Wir helfen Ihnen beim Rausschaffen! *Beide ab.*

GIOVANNI Das haut dich vom Stuhl ... ich werd verrückt.

LUIGI Beruhig dich, Giovanni! Wegen der gestohlenen Sachen können wir ganz still sein.

GIOVANNI Darum geht's nicht ... wir sitzen halb auf der Straße, verstehst du nicht? Dieses Unglücksweib ... dieses ehrlose Hirnstück ...

ANTONIA Natürlich, du hast recht! Sag ruhig: Diese Hure, die dich entehrt hat ... die deinen armen, aber ehrbaren Namen mit Schmutz bewirft ... die sogar mit deinen allerheiligsten Vatergefühlen spielt ... du kannst es ruhig wissen, auch das Kind ist gelogen ... das war auch eine Lüge ... hier, was ich im Bauch hab: Reis, Nudeln, Zucker, lauter Eßwaren ... alles geklaut! *Sie reißt sich das Zeug wütend aus dem Bauch.*

LUIGI Und was ist mit dem Kind? Der Verpflanzung, Margherita?

GIOVANNI Nein, nein ... das ist zuviel! Ich bring sie um! Ich ermorde sie!

ALTER Tja, es scheint, daß ich alles erledigt habe, Kinder ... Macht's gut und seid gegrüßt und denkt immer dran: Nie den Kopf hängen lassen! *Er geht ab. Draußen nimmt das Stimmengewirr zu. Frauen und Männer kreischen, Befehle werden gebrüllt, Alarmsirenen heulen.*

GIOVANNI Lügnerin! Ehrlose! Mich auch noch mit dem Kind reinzulegen! *Luigi hält ihn fest.* Und du laß mich los!

ANTONIA Er hat recht, laß ihn los! Laß ihn mich umbringen! Ich hab's satt, dies beschissene Leben! Mehr als du! Was ich vor allem satt habe, sind deine blöden Reden ... über Ehrgefühl und Opferbereitschaft ... du mit deinem Stolz auf die Arbeiterklasse und ihre Würde, die sich den Gürtel enger schnallen muß! Wer ist denn die Arbeiterklasse? Das sind wir! Mit unserer Wut im Bauch, mit dem Elend aller derer, die sie hier jetzt aus den Wohnungen werfen ... schau nur! Schau sie dir an! Da unten! Schlimmer als Deportierte! *Der Lärm steigert sich noch.* Aber du willst nicht wahrhaben, wie es wirklich steht, du stehst da mit verbundenen Augen! Du bist nicht einmal mehr ein Kommunist! Du bist ein linker Säulenheiliger geworden ... ein Arschloch!

GIOVANNI Hör auf, es langt. Komm, Margherita, setz dich ... zier dich nicht so. Nein, ich bin kein Arschloch! Ich seh auch, wo die Dinge langgehn, das begreif ich schon: Daß die Politik, die meine eigene Partei betreibt, ein immer größerer Quark ist ... Dieses Hin und Her mit den Christdemokraten, bloß um an der Regierung beteiligt zu werden, kommt mir vor, wie der Streich vom dummen August, der eine Nutte umsonst haben wollte und dabei auch die Syphilis gratis kriegte. Es ist gerecht, wenn immer mehr Arbeiter die große Wut kriegen! Ich reg mich auch auf und denke nach! Die Wut, die ich gehabt hab, die hab ich nicht auf dich gehabt, sondern auf mich wegen dieser ganzen Impotenz, die ich in mir fühle, weil ich mich betrogen fühle. Weil meine Partei nicht hier ist, jetzt in diesem Moment, wo ich sie brauche. Mit uns, auf der Straße, unten! Und morgen heißt es in der Parteizeitung noch, wir wären ein Haufen Aufrührer!

ANTONIA Was ist los, Giovanni?! Bist du das, der so spricht? Hat sich dir das Gehirn umgedreht?

LUIGI Ja ... hast du dich auch von diesen Extremisten umdrehen lassen?

GIOVANNI Nein, das denk ich schon immer ... Bloß, Antonia, in der Beziehung magst du Recht haben, daß ich den Komplex habe, ich wäre ein Kirchendiener ... ich hatte nie den Mut, so etwas zu sagen ... deswegen habe ich immer den Blöden gespielt. Ich will dir was sagen, jetzt ist es soweit: Ich hab auch was gestohlen, mit Luigi ... geht mal beiseite ... schaut da, unters Bett ... Säcke mit Zucker und Mehl!

ANTONIA Du hast geklaut?

LUIGI Ja, aber nur, weil er sich geärgert hat, als ich ihm erzählt hab, daß wir ab sofort kurzarbeiten.

GIOVANNI Nein, das war nur der Tropfen am Eimer ... das Faß war schon lange voll bis zum Überlaufen ... Da schau ... soviel Zeugs ... Ist das viel! Ich glaube, jetzt hab ich den Yoga-Effekt auch, wenn ich aufrecht stehe! Aber das ist noch nicht alles ... Du mußt wissen, daß das hier keine Wiege ist. Das ist der Deckel von einem Sarg!! Hier ist er, komm hilf mir, Luigi ... das war meine Idee, um die Lebensmittel herbeizuschaffen! *Er geht zum Schrank.*

ANTONIA Halt, das nicht!

GIOVANNI Ich mache, was ich machen muß ... du sollst alles erfahren ... *Sie ziehen den Sarg aus dem Schrank, dabei sehen sie den Caribiniere, der seine Augen aufschlägt.*

GIOVANNI UND LUIGI Der Carabiniere!

CARABINIERE Ich sehe! Ich kann sehen! *Tritt aus dem Schrank.* Die heilige Eulalia hat mir vergeben! Sie hat mir ihre Gnade erwiesen! Mein Bauch! Ich bin schwanger! Oh heilige Eulalia, die du gebenedeit bist ... ich danke dir, auch dafür ... Ich bin Mutter! Mutter! Ich danke dir, heilige Eulalia! Danke! *Ab.*

GIOVANNI Kinder, ist das ein Tag heute! Ein Polizist, der schwanger ist! Jetzt weiß ich auch, warum Polizist ein interessanter Beruf sein soll. *Am Fenster.* Kommt schnell, die Frauen laden ihre Sachen wieder ab von den Lastwagen. Die Polizei schießt!

LUIGI Ja, aber schau mal, die Jungens da drüben auf dem Dach ... sie schmeißen alles runter ... Dachziegeln, Ziegelsteine ...!

ANTONIA Und da erst ... da ... schau mal, eine Frau mit einem Gewehr ... aus dem Fenster da drüben ... sie schießt!

GIOVANNI Die Polizei schießt auf den Mann, nicht über die

Köpfe! Jetzt haben sie einen getroffen!

MARGHERITA Die haben's drauf angelegt, die Leute umzubringen, die Schweine!

CHOR Mörder! Schweine! Verfluchte!

GIOVANNI Rasch, rasch! Wir werfen ihnen den Sarg auf die Köpfe!

ANTONIA Sie flüchten! Die Bullen flüchten!

MARGHERITA Sie lassen alles stehn und liegen, die Lastwagen und alles!

ANTONIA Und die Frauen laden weiter ihre Sachen ab!

GIOVANNI Recht so, sehr gut. So muß man's machen!

ANTONIA Der arme Junge, den sie angeschossen haben. Hoffentlich kommt er durch!

GIOVANNI Diese Schweine! Das sind sie, die Söhne des Volkes! Diese Mörder!

LUIGI Hast du's endlich kapiert?

GIOVANNI Natürlich hab ich's kapiert! Heute hab ich wirklich kapiert, daß wir andere Töne aufziehn müssen: Die Ohren steifgehalten und uns nehmen, was uns ist! Eine neue Art zu kämpfen . . . das hier, ja das geht ihnen unter die Haut.

ANTONIA Genau . . . wie die Arbeiter vor dem Supermarkt gestern gesagt haben: das ist eine neue Form von Streik . . . wo die Unternehmer draufzahlen!

LUIGI Aber wirklich, weil der Unternehmer, das ist keiner, den du mit Samthandschuhen anfassen darfst!

GIOVANNI Einem Großkapitalisten kannst du nicht sagen: Ach bitte, würden Sie vielleicht mal ein Stück rücken. Wir kriegen keine Luft mehr. Könnten Sie nicht etwas freundlicher sein, ein bißchen verständnisvoller . . . einigen wir uns . . . nein! Die einzige Art mit ihnen zu reden ist, daß du sie ins Klosettbecken steckst . . . und dann an der Strippe ziehen! Dann haben wir eine bessere Welt, vielleicht mit weniger hellen Schaufenstern, weniger Autobahnen . . . aber auch mit weniger Staatskarossen . . . und weniger Gaunern . . . ich meine die wirklichen Gauner, diese Kleinen, mit den dicken Bäuchen. Und Gerechtigkeit hätten wir! Wo wir, die wir immer für andere den Karren aus dem Dreck gezogen haben, endlich mal an uns denken können . . . Häuser bauen, die uns gehören . . . und ein Leben führen, das uns selber gehört! Als zufriedene Menschen leben! Wo der Wunsch zu lachen wie ein Fest aus dir hervorbricht! Der Wunsch, zu spielen und Feste zu feiern . . . und endlich eine befriedigende Arbeit zu leisten . . . wie menschliche Frauen und Männer und nicht wie halbverblödete Tiere . . . die ohne Freude und Phantasie dahinvegetieren! *Erst leise und dann lauter werdend, sprechen die anderen Giovannis Text mit.*

CHOR Eine Welt, in der man wieder merkt, daß es noch einen Himmel gibt . . und Pflanzen, die blühn . . . daß es sogar einen Frühling gibt . . . und Mädchen, die lachen und singen. *Sie treten an den vorderen Rand der Bühne.*

Und wenn du eines Tages sterben mußt, stirbt nicht ein alter, ausgepumpter Maulesel, nein, ein Mensch stirbt, ein Mensch, der frei und zufrieden gelebt hat, mit anderen freien Menschen!

*Langsam verlischt das Licht während der letzten Worte.*

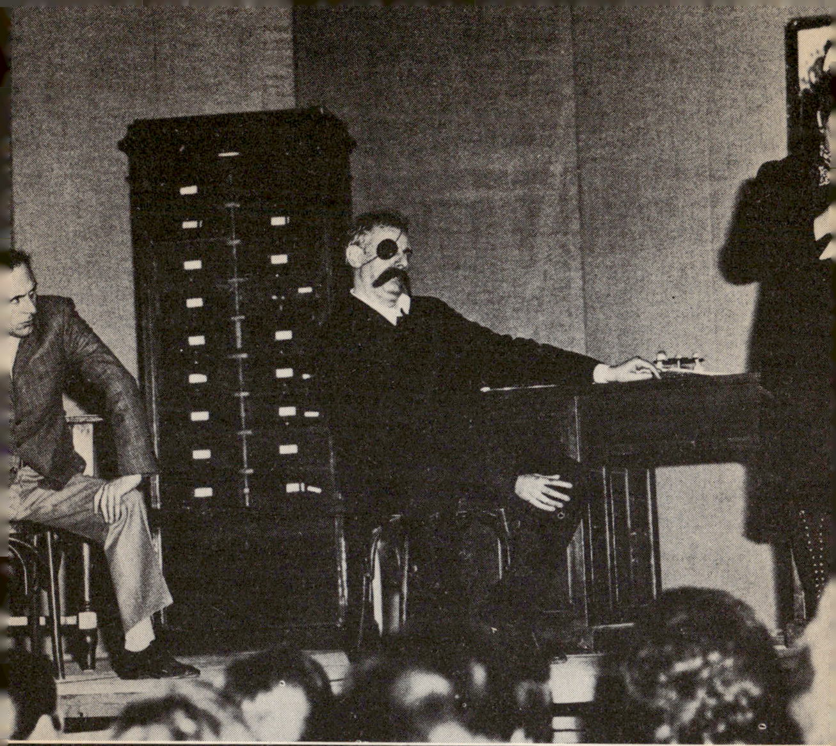

## Peter O. Chotjewitz/Helga Jungblut
# Dario Fo und sein Theater

Dario Fo, dessen Theater in den letzten Jahren in Italien zum Symbol einer modernen politischen Kunst wurde, ist in der Bundesrepublik bisher nur wenigen ein Begriff.

Fo begann seine Theaterarbeit 1968 – in der Zeit der Politisierung, die in Italien nicht nur die schulische und studentische Jugend und die Intelligenz, sondern in sehr viel stärkerem Maße als bei uns auch die industrielle und ländliche Arbeiterschaft erfaßte. Zusammen mit seiner Lebensgefährtin Franca Rame, einer Schauspielerin aus einer alten lombardischen Komödiantenfamilie, gründete er ›Nuova Scena‹, eine Vereinigung von Schauspielern, Musikern, Sängern und Theatertechnikern. Fo, der zuvor lange Jahre ausschließlich an etablierten Bühnen, insbesondere dem renommierten Odeon-Theater in Mailand aufgetreten war, begann mit dieser Gruppe das Projekt zu verwirklichen, das in Italien als ›teatro fuori dai teatri‹ (Theater außerhalb der Theater) bezeichnet wird: ein alternatives Theater, fern der kulturellen Feierstätten des bürgerlichen Theaterbetriebs und dessen Publikum.

Die Gruppe schloß sich gleichzeitig der ARCI (Associazione ricreativa culturale italiana), der Kulturorganisation der Kommunistischen Partei Italiens an, in deren Rahmen sie zwei Jahre lang in den Provinzen, in den Vorstädten und Arbeiterbezirken der Großstädte spielte. Mit Hilfe der ARCI konnte Fo dort auftreten, wo bereits ein Arbeiterpublikum, von nun an sein Zielpublikum, anzutreffen war und wo bereits klassenspezifische Formen der Kommunikation bestanden: in den ›camere del lavoro‹, den um die Jahrhundertwende entstandenen Gewerkschaftshäusern und in den unter dem Einfluß des PSI (Sozialistische Partei) Ende des 19. Jahrhunderts entstandenen ›case del popolo‹ (Arbeitertreffpunkte mit Sitzungsräumen, Bar, Tanzsaal, Kino etc.). Außer an diesen traditionellen Arbeitertreffpunkten spielte die Nuova Scena ihre Stücke in Jugendclubs, Vorstadtkinos, auf Marktplätzen und immer häufiger in Sportpalästen.

Von 1968 bis 1970 bereiste Nuova Scena 14 italienische Regionen, rund 50 Provinzen. 1968/69 spielte die Gruppe vor etwa 200 000 Zuschauern (110 Vorstellungen) – im darauffolgenden Jahr stieg diese Zahl um 50 000 an (bei 99 Vorstellungen). 1975 betrug die Zuschauerzahl bereits 700 000 (davon in Mailand allein 500 000).
In ihrer politisch-künstlerischen Plattform (die in der 1970 erschienenen Dokumentation über die Theaterarbeit von Nuova Scena mit dem Titel ›Compagni senza censura‹ – Genossen ohne Zensur – abgedruckt wurde) definierte die Gruppe ihr Theater als Klassentheater: »Wir lehnen die Theorie einer Kunst und Kultur als Mittel zur Versöhnung aller Bürger ab; die Kunst, die für den Unternehmer gut ist, kann und darf nicht für den Lohnabhängigen gut sein.« Nuova Scena stellte deshalb ihre Theaterarbeit »aktiv in den Dienst aller revolutionären Kräfte« und versuchte das zu praktizieren, was sie als neue Aufgabe des ›intellettuale organico‹, des linken Intellektuellen, postulierte: »Der politische Kampf muß sein Äquivalent auf kultureller Ebene finden, der Intellektuelle muß seine historische Aufgabe nicht nur durch die Ausarbeitung der Theorie erfüllen, sondern sich konkret in eine Praxis einfügen, ... in der er auch ›als Intellektueller‹ seine besondere Stellung im Klassenkampf findet.« Auf der Seite der Arbeiterklasse soll er entscheidend dazu beitragen, die kulturelle Hegemonie des Bürgertums zu überwinden und eine neue, volkstümliche (proletarische) Kultur zu entfalten.
Kulturelle und politische Revolution sind untrennbar, also kann auch das Theater einen entscheidenden Beitrag zur revolutionären Veränderung leisten: »Wenn die These von Marx stimmt, daß in jeder Gesellschaft die herrschende Kultur die Trägerin der Werte der herrschenden Klassen ist, so scheint uns auch die These von Lenin und Gramsci zu stimmen, daß die Arbeiterklasse die Macht nur erringen und bewahren kann, wenn sie sich aller Instrumente – nicht nur der der Produktion, sondern auch der kulturellen Bildung und Information – bemächtigt.«
1970 kommt es allerdings zum Bruch zwischen Fo und dem PCI und damit auch der ARCI. Den äußeren Anlaß bildeten zwei Stücke, in denen das Theaterkollektiv sich kritisch mit revisionistischen und bürokratischen Tendenzen in der Partei auseinandersetzte (es handelt sich um ›Il Telaio‹ – Der Webstuhl – und ›L'operaio conosce 300, il padrone 100 parole, per questo

lui è il padrone‹ – Der Arbeiter kennt 300, der Unternehmer 1000 Worte, deshalb ist er der Unternehmer).
Fo verfolgte mit seiner Kritik nicht eine prinzipielle Infragestellung der Partei. Er versuchte jedoch den widersprüchlichen Charakter der Strategie des ›historischen Kompromisses‹ aufzuzeigen, der in Konfliktfällen (und diese gab es auch vor 1970 schon, wie die Stücke zeigen) die Partei dazu zwingt, Abstriche an ihrem revolutionären Programm zugunsten des Kleinbürgertums vorzunehmen.
Nach einer Reihe von öffentlich ausgetragenen Polemiken spaltete sich Nuova Scena schließlich. Etwa die Hälfte der Mitglieder arbeitete unter dem gleichen Namen in der ARCI weiter, die anderen schlossen sich Dario Fo und Franca Rame an, die 1970 das Theaterkollektiv ›La Comune‹ gründeten, um ihre politischen und künstlerischen Zielsetzungen weiterzuführen. Der Bruch mit der ARCI war nicht problem- und risikolos, da diese über ein gut funktionierendes Netz von lokalen Organisationen verfügt und auf die Unterstützung der kommunistischen und sozialistischen Presse bei der Ankündigung von Veranstaltungen etc. zählen kann.
Die neue ›Comune‹ war jedoch trotz des Verlusts dieser organisatorischen Strukturen von Anfang an äußerst erfolgreich. Ihre Stücke zogen ein Massenpublikum an. Gerade zur damaligen Zeit wuchs in weiten Teilen der Arbeiterschaft und der Intelligenz die Unzufriedenheit mit dem PCI und den kommunistisch-sozialistischen Gewerkschaften, CGIL, die im ›heißen Herbst‹ 1969 einen ihrer Höhepunkte erreicht hatte. Eine Vielzahl neuer politischer Organisationen entstand, von denen ›Lotta continua‹, ›Potere operaio‹ und die ›Manifesto‹-Gruppe nur die international bekanntesten sind. Die ›Comune‹ war in diesem organisatorischen Wirrwarr nicht eindeutig unterzubringen. Ihr immenser Publikumserfolg führte zwar dazu, daß im stetigen Wechsel bald die eine, bald die andere, bald alle links vom PCI angesiedelten größeren Gruppierungen sie für sich und ihre politische Arbeit reklamierten; doch war auch diese ›neue Linke‹ in ihrer Kritik an der Theatergruppe oft nicht gerade zimperlich.
Die Comune hat den Anspruch, ihre Theaterarbeit mit keiner spezifischen politischen Organisation zu identifizieren. Sie versteht sich als überparteiliche kulturelle Vereinigung, als Ausdruck und als Promotor »der gesamten revolutionären Bewegung«,

wobei unter Bewegung auch »der Arbeiter des PCI, der Sozialist, der Katholik« verstanden werden.
Von 1971 bis 1974 waren mit dem Theaterkollektiv ca. 80 Theaterkreise (die sogen. ›circoli la Comune‹) verbunden, die in ganz Italien eine umfassend organisierte alternative Kulturarbeit initiieren sollten. Neben der Organisation und Propagierung der Theateraufführungen des Theaterkollektivs entwickelten sie ein umfangreiches politisch-kulturelles Programm für die lokale Zusammenarbeit zwischen Intellektuellen und Arbeitern.
Seit 1974 hat die Comune ihr Standorttheater in Mailand in der ›Palazzina Liberty‹, einer ausrangierten Markthalle, die ihr von der Stadtverwaltung erst nach einer breiten Solidaritätskampagne der Bevölkerung und einem spektakulären Prozeß mit der Stadt Mailand zur Verfügung gestellt wurde.
Dario Fo ist sowohl Autor, Regisseur als auch Hauptdarsteller seiner Theaterstücke. Als Autor erhebt er – gemäß seiner Vorstellung einer ›volkstümlichen‹ Kunstproduktion – keinen Anspruch auf die Einmaligkeit und Unveränderlichkeit seiner Stücke, sondern läßt die Möglichkeit von Korrekturen, Ergänzungen, die Aufnahme neuer Gesichtspunkte und die Anpassung an veränderte Situationen offen. Fo schreibt seine Stücke im direkten Kontakt mit Arbeitern, versucht ihre Probleme und Bedürfnisse aufzugreifen und sie am Entstehungsprozeß zu beteiligen.
Ein wichtiges, wenn auch nicht das ausschließliche Moment einer solchen Kooperation sind die Publikumsdiskussionen. Die Gruppe provoziert diese Diskussionen im Anschluß an die Theateraufführungen bewußt, nimmt Veränderungsvorschläge in die bereits geschriebenen Stücke auf, verarbeitet die Debatten um politische als auch künstlerische Probleme in den darauffolgenden Theaterstücken. Die Publikumsdiskussionen sind integrierter Bestandteil der Theateraufführungen, gleichsam ein zweiter oder dritter Akt, in dem der Zuschauer zum Agierenden wird.
Dem Publikum wird dieser Rollentausch von Beginn der Vorstellung an leicht gemacht. Niemals entsteht der Eindruck, einer anderen Wirklichkeit als der der Bühne anzugehören. Bühne und Zuschauerraum bilden eine wechselseitige Einheit, was nicht nur der Wegfall des obligaten Vorhangs und die damit verbundene Aufhebung der räumlichen Zweiteilung bewirkt.

Vor der eigentlichen Theateraufführung hantieren z. B. Schauspieler wie Techniker auf der Bühne und im Zuschauerraum, rücken Bühnenrequisiten zurecht, überprüfen das Funktionieren der Lautsprecher und Scheinwerfer, betreuen die Büchertische – eine feste Einrichtung der Veranstaltungen – verteilen Flugblätter, weisen den Zuschauern die Plätze zu. Unmittelbar vor Beginn des Theaterstücks werden von der Bühne aus Informationen gegeben, die mit dem Stück selbst nicht unbedingt in Zusammenhang stehen: über politische Aktionen auf lokaler Ebene und ihre Resultate, anstehende politische Kampagnen, kulturelle Veranstaltungen, Arbeitskreise, Initiativgruppen in Fabriken, über die Arbeit des ›Soccorso Rosso‹ (Hilfsorganisation für politische Gefangene), an dessen Arbeit Franca Rame maßgeblich beteiligt ist. Gewöhnlich gibt Fo dann einen heiter-informativen Prolog zur Thematik des Stückes. Dieser Prolog und der Beginn des Theaterstücks sind die Fortsetzung einer schon vorhandenen Kommunikation, so daß die Theateraufführung eher als meeting bezeichnet werden könnte, in dessen Mittelpunkt das Theaterstück steht. Dieser Versammlungscharakter reißt auch während der Vorführung des Stückes nicht ab; die Bühne verselbständigt sich nie so weit, daß die Illusion einer ›anderen Welt‹ den Zuschauer befallen könnte. Fo stützt sich dabei auf eine Vielfalt von episch-theatralischen Techniken des Volkstheaters, das aus dieser Wechselbeziehung Bühne-Publikum lebt.

So unkonventionell wie sich die Theateraufführungen abspielen, so unkonventionell geht Fo auch bei der Abfassung seiner Stükke vor. Ihr Material wird von dem gesamten Theaterkollektiv zusammengetragen in Form von selbst erarbeiteten Dokumentationen, Feldstudien etc., die dann gemeinsam ausgewertet werden. Sämtliche Stücke Fos stützen sich auf gründliche Recherchen, die in einem zweiten Stadium von der Gruppe theoretisch durchleuchtet werden, wofür die ausführlichen bibliographischen Angaben, die einem Teil der Buchausgaben der Theaterstücke beigegeben sind, Zeugnis ablegen.

Die künstlerische Umsetzung liegt dann allerdings ganz bei Fo, der sich dabei auf seine über zwanzigjährige Theaterpraxis stützen kann, in der er sowohl Elemente des absurden Theaters (Beckett, Ionesco), der europäischen Neo-Avantgarde der sechziger Jahre (Living Theatre, Grotowski, Barba), als auch der

Brechtschen Theatertheorie aufnahm und weiterverarbeitete. Hauptquelle und Vorbild seiner Theaterstücke ist jedoch das italienische Volkstheater. Seit der Aufführung seiner ersten gesellschaftskritischen Satire ›Il dito nell'occhio‹ (Der Finger im Auge) im Jahre 1953 wurde es zur Grundlage seines Theaters überhaupt. Fo verwendet das moderne volkstümliche Theater (Revue, das regionale Dialekttheater eines Petrolini oder Viviani) ebenso wie die ›lazzi‹ der Commedia dell'Arte aus dem 16. Jahrhundert, die volkstümliche Farce oder den dramatischen Monolog der ›giullari‹, der fahrenden Sänger des Mittelalters. Alle diese verschiedenen Formen volkstümlichen Theaters lassen sich nach Fo auf einen Theatertypus, auf eine in sich geschlossene theatralische Methode zurückführen, die einem modernen volkstümlich-politischen Theater wesentliche Impulse geben könnte.

Zu den Merkmalen dieses Theatermodells gehören vor allem die formalästhetischen Mittel, die anti-illusionistisch wirken (dazu gehört der Mimus-Gestus ebenso wie Komik und Groteske als Mittel der Distanzierung und Verfremdung). Außerdem besteht im Volkstheater eine Bühne-Publikum-Konstellation, die sich als eine Einheit präsentiert und in der der Schauspieler sowohl belehrt als auch selbst belehrt wird, zum Publikum spricht als auch ihm zuhört – anders als im bürgerlichen Theater, in dem sich Bühne und Zuschauerraum als zwei Fronten gegenüberstehen, zwischen denen keine wechselseitige Kommunikation stattfindet. Ein weiteres Merkmal des Volkstheaters sieht Fo in dessen tendenziell rebellischer Tendenz, die direkt oder indirekt durch die Komik, die Groteske oder Satire, die unabdingbare Elemente des Volkstheaters sind, zum Ausdruck gebracht wird.

»Wir machen volkstümliches Theater«, sagt Fo, »und das Volkstheater hat immer die Groteske, die Farce – sie ist eine Erfindung des Volkes – benutzt, um ein dramatisches Moment auszudrücken. Wir könnten Hunderte von Beispielen geben ... das Volk verwendet nie die dramatische Methode der oberen Schichten, die nur das Herz anspricht, sondern zielt auf das heftige Gelächter des Zuschauers ab. Denn das Lachen dringt wirklich auf den Grund der Seele und hinterläßt hier Spuren, die bleiben; es verhindert eine der größten Gefahren, die der Katharsis ... Wir wollen hingegen, daß der Zorn gespeichert wird, nicht abreagiert, sondern umgesetzt wird in aktives Han-

deln ... «
Das Volkstheater geht in direkter Linie auf die Urform des Theaters überhaupt zurück. Im Volkstheater konnten jahrtausendelang immer wieder gleiche darstellerische, theatralische Prinzipien, Motive und inhaltliche Besonderheiten am Leben gehalten werden, die sich durch ihre oppositionelle und grundsätzlich demokratische Tendenz auszeichnen. Diese im Laufe der Geschichte vielfach unterbrochene, aber ständig wieder von neuem auflebende Volkstheatertradition ist für Fo der Beweis für die Existenz einer ›anderen‹ Kultur, der Kultur des Volkes (›cultura popolare‹). Das Volkstheater als Bestandteil dieser Kultur bringt deshalb eine besondere Ästhetik hervor und ist Vermittler demokratischen Gedankengutes.
Fo geht davon aus, daß das Volk nicht nur der Produzent aller zum Leben erforderlichen Güter ist, sondern auch die Grundlage der kulturellen Erscheinungen legt. Seine Kultur wird ihm jedoch von den herrschenden Klassen ebenso entwendet wie das Produkt seiner Arbeit, um dann, transformiert und anderen Geschmacksmustern angepaßt, als Kultur-Produkt der oberen Sozialschichten gefeiert zu werden. Der Ausbeutung im Bereich der Güterproduktion entspricht die Beraubung auf kulturellem Gebiet. Dadurch, daß dem Volk auch die Produkte seiner kulturellen Arbeit genommen werden (was schließlich in der Behauptung gipfelte, das Volk habe keine Kultur) ist es den Oberschichten erst möglich, ihre Herrschaft zu konservieren.
Wenn heute diese Volkskultur weitgehend aus dem Bewußtsein der unteren Schichten verdrängt, das Verhältnis zu ihrer eigenen Geschichte und ihren eigenständigen kulturellen Traditionen gebrochen ist und neue Initiativen kaum sichtbar sind, so bedeutet dies für Fo nicht das definitive Ende dieser Kultur, sondern die Notwendigkeit der Rückbesinnung und des Neuanfangs.
Dieses theoretische Anliegen setzt Fo praktisch in seinen politischen Theaterstücken um: so ist beispielsweise ›Ci ragiono e canto‹ (Ich denke und singe), das bereits 1966 in Zusammenarbeit mit italienischen Ethnosoziologen entstand, eine Sammlung alter und neuer Volkslieder, die den Zusammenhang zwischen der Volkskultur vergangener Zeiten und den gegenwärtigen Kämpfen des städtischen und ländlichen Proletariats aufzeigen. In ›Mistero Buffo‹, einem der meistbeachteten Stücke Fos, wird im Rückgriff auf spätmittelalterliche dramatische Texte der volks-

tümlichen Sänger-Dichter-Schauspieler, der Jularen, die Fo aus ganz Europa zusammengetragen hat, die heute vergessene bzw. diskriminierte Volkskultur des späten Mittelalters polemisch rehabilitiert: »Mit dieser Kollage von Texten der mittelalterlichen Theatertradition . . . wollen wir weniger in philologischer Absicht literarische und theatralische Formen und Ausdrucksmittel wiederentdecken; wir wollen ihre eigentliche gesellschaftliche Bedeutung erkennen und dieser Tradition all ihre authentischen Werte zurückgeben: der Protest gegen eine auf Unterdrückung ausgehende Weltanschauung und folglich der Kampf um die Anerkennung einer neuen Weltanschauung, die der der herrschenden Klassen fremd ist.«
In den zahlreichen Theaterstücken, mit denen Fo und seine Gruppe in den letzten Jahren Italien bereist hat, wird nicht nur die Geschichte der Kultur und der sozialen Kämpfe der unteren Sozialschichten aufgearbeitet, sondern vor allem auch aktuelle Probleme aus dem alltäglichen Lebensbereich der Arbeiter aufgegriffen: In ›Il Telaio‹ (Der Webstuhl) steht z. B. die weite Verbreitung einer anachronistischen Form kapitalistischer Lohnarbeit in der Emilia Romagna im Mittelpunkt des Geschehens; in ›MTM: come rendere musicale e quasi dilettevole ciò che a prima vista sembre fatica e sofferenza‹ (MTM: wie man musikalisch und fast angenehm das gestalten kann, was auf den ersten Blick wie Mühsal und Leid aussieht) sind es die unmenschlichen Arbeitsbedingungen in der Großindustrie. Fo greift weiterhin politische Ereignisse auf, die sich in den letzten Jahren im Zusammenhang mit den zunehmenden Klassenauseinandersetzungen in Italien ergaben. In ›Pum! Pum! Chi è? La polizia‹ (Peng! Peng! Wer ist da? Die Polizei) und ›Morte accidentale di un'anarchico‹ (Zufälliger Tod eines Anarchisten) werden die faschistischen Bombenattentate und Gewalttaten Ende der sechziger Jahre in Italien thematisiert und Verbindungen zwischen staatlichen Stellen und neo-faschistischen Aktivitäten aufgedeckt. In ›Il Fanfani rapito‹ (Die Entführung des Fanfani) wird die Politik der Regierungspartei DC unter Amintore Fanfani als Rückkehr zum alten Obrigkeitsstaat entlarvt, in dem Grundrechte beschnitten und willkürlich Gesetzesänderungen vorgenommen werden. In ›Tutti uniti! Tutti insieme! Ma scusa, quello non è il padrone?‹ (Alle vereint, alle gemeinsam! Ach Verzeihung, ist das nicht der Unternehmer?) und ›Morte e re-

surrezione di un pupazzo‹ (Tod und Auferstehung eines Popanz) werden hingegen Erfolge und Versäumnisse der Arbeiterbewegung gegeneinander abgewogen, die Einsicht in Fehler geschärft und konkrete politische Aktionen gefordert.

Das vorliegende Stück *Bezahlt wird nicht!* schrieb Fo 1974. Die Erläuterungen dazu hat Fo selbst in der Einleitung gegeben. Auch dieses Stück hat seine reale Dimension: Frauen in einer Reihe von italienischen Städten machten das Motto ›bezahlt wird nicht‹ wahr und plünderten in spektakulären Aktionen einige Supermärkte. Gegen Fo wurde nach dieser Entlassung des Theaters in die Wirklichkeit Klage erhoben wegen Aufforderung zu strafbaren Handlungen und gewalttätigem Widerstand, aber er wurde schließlich freigesprochen.

Die westdeutsche Uraufführung von *Bezahlt wird nicht!* (die Theaterfassung wohlgemerkt) fand am 8. Dezember 1976 in den Kammerspielen Frankfurt statt – eine der vielen Paradoxien, daß Fos Stück hierzulande bisher nur an solchen Orten aufgeführt wird, die Fo in seiner eigenen Theaterpraxis in Italien strikt umgeht.

Eine genuine Vermittlung der Foschen Stücke würde auch in der BRD eine Theatergruppe voraussetzen, die, wie die ›Comune‹, Theatermachen als Teil einer umfassenden politischen und kulturellen Bewegung versteht, deren Träger die Arbeiterklasse, die politisch aktiven Teile der Jugend und der Intelligenz sind, für die und mit denen ein neues Theater und eine neue Kultur entstehen können.

**Rotbücher, Abt. Literatur**

Alfred Behrens · *Die Fernsehliga* · Spielberichte vom Fußballgeschäft der Zukunft · Rotbuch 112 · 96 Seiten · 7 Mark

Thomas Brasch · *Vor den Vätern sterben die Söhne*
Rotbuch 162 · 112 Seiten · 8 Mark

F. C. Delius · *Unsere Siemens-Welt* · Eine Festschrift
Rotbuch 102 · 160 Seiten · 10 Mark

F. C. Delius · *Ein Bankier auf der Flucht*
Gedichte und Reisebilder · Rotbuch 144 · 72 Seiten · 7 Mark

Miklós Haraszti · *Stücklohn*
Vorwort v. Heinrich Böll · Rotbuch 130 · 120 Seiten · 7 Mark

Yaak Karsunke · *Bauernoper / Ruhrkampfrevue*
Rotbuch 158 · 128 Seiten · 8 Mark

Erich Köhler · *Der Krott*
Erzählung · Rotbuch 146 · 96 Seiten · 7 Mark

Karl Mickel · *Einstein / Nausikaa*
Rotbuch 116 · 96 Seiten · 7 Mark

Karl Mickel · *Eisenzeit* · Gedichte
Rotbuch 156 · 80 Seiten · 7 Mark

Karl Otto Mühl · *Rheinpromenade / Rosenmontag*
Zwei Stücke aus dem Westen · Rotbuch 122 · 112 Seiten · 8 Mark

Heiner Müller · *Geschichten aus der Produktion 1*
Prosa/Stücke/Protokolle · Rotbuch 108 · 160 Seiten · 9 Mark

Heiner Müller · *Geschichten aus der Produktion 2*
Stücke/Prosa/Gedichte · Rotbuch 126 · 136 Seiten · 8 Mark

Heiner Müller · *Die Umsiedlerin oder Das Leben auf dem Lande*
Stücke/Prosa/Gedichte · Rotbuch 134 · 136 Seiten · 8 Mark

Heiner Müller · *Theater-Arbeit* · Rotbuch 142 · 128 Seiten · 9 Mark

Bahman Nirumand · *Feuer unterm Pfauenthron*
Verbotene Geschichten aus dem persischen Widerstand
Rotbuch 124 · 96 Seiten · 6 Mark

Helga M. Novak · *Die Landnahme von Torre Bela*
Prosa · Rotbuch 150 · 72 Seiten · 7 Mark

Helga M. Novak · *Balladen vom kurzen Prozeß*
Rotbuch 138 · 72 Seiten · 7 Mark

Aras Ören · *Was will Niyazi in der Naunynstraße*
Ein Poem · Rotbuch 101 · 72 Seiten · 5 Mark

Aras Ören · *Der kurze Traum aus Kagithane*
Ein Poem · Rotbuch 120 · 96 Seiten · 6 Mark

Aras Ören · *Privatexil* · Gedichte
Rotbuch 168 · 72 Seiten · 7 Mark

Birgit Pausch · *Die Verweigerungen der Johanna Glauflügel*
Erzählung · Rotbuch 164 · 96 Seiten · 7 Mark

Pellizzi, Mali & Werner – *Bernie der Milliardenflipper*
Rotbuch 128 · 96 Seiten · 8 Mark

Peter Schneider · *Lenz*
Eine Erzählung · Rotbuch 104 · 96 Seiten · 6 Mark

Peter Schneider *... schon bist du ein Verfassungsfeind*
Rotbuch 140 · 112 Seiten · 8 Mark

Sergio Stuparich · *Wer uns nicht kennt, kennt Chile nicht*
Ein Roman in Verhören · Rotbuch 136 · 144 Seiten · 10 Mark

Jürgen Theobaldy · *Zweiter Klasse*
Gedichte · Rotbuch 148 · 80 Seiten · 7 Mark

Winfried Thomsen / Mali & Werner · *Die Unschuld von Bonn*
Rotbuch 160 · 96 Seiten · 8 Mark

Peter-Paul Zahl · *Schutzimpfung* · Gedichte
Rotbuch 132 · 64 Seiten · 6 Mark

Bitte verlangen Sie vom Verlag den kostenlosen Almanach
»Das kleine Rotbuch«.
Er informiert Sie über das gesamte Verlagsprogramm.

**Rotbuch Verlag**
Potsdamer Straße 98 · 1000 Berlin 30